上海
N30.4°

東京
N35.41°

嘉義
N23.5°

線條到網絡

陳澄波與他的書畫收藏

From Lines to Network
Chen Cheng-po and His Collection
of Painting and Calligraphy

專文作者

田富婷
廖新田
黃冬富
邱琳
蔡耀慶

文化部部長序

　　在歷史的演進中，臺灣融會了不同族群、不同文化，因此擁有多元、多樣的藝術風貌，這是我們共同的寶貴資產，更是與國際對話的窗口，是世界藝術史的一部分。

　　藝術的創作與土地、人民、日常相連而不可分，其間所蘊藏的，正是專屬於臺灣文化的 DNA。文化部透過前瞻基礎建設計畫的支持，提出了重建臺灣藝術史計畫，希望系統化建構出臺灣的藝術發展歷程，也留下前輩藝術家們帶給所有人的文化記憶，而在政策式的重建與復興之外，更緊密連結官民學的能量，共同重建屬於這塊土地的歷史。

　　本次「線條到網絡──陳澄波與他的書畫收藏」展，正有賴陳澄波文化基金會的熱心與專業，因為這是陳澄波家屬三代人的共同努力所保留下來的珍貴文物。化身為油彩的前輩畫家陳澄波，將對土地的認識表現為一幅幅畫作，傳遞出他對這塊土地的珍愛。家屬則更費心地留存收藏所有的資料並妥善修復，並讓其可以展現於世人眼前，藉此了解一位藝術家的交遊網絡，也更深刻感受一位藝術家的真實人生。

　　展覽中的書畫作品，是來自臺灣、日本與中國等地的藝術家，他們與陳澄波所結下的書畫因緣，正鮮明而實際地體現臺灣美術的多元脈絡，也凸顯出他在臺灣美術史上的獨特地位。

　　我們特別感謝臺灣藝術家們以各式藝術豐富了我們的視野與生活，而我們的責任正是好好守護這些文化資產，並經由系統性的爬梳、研究、展覽，讓他們的故事被重現、被了解，讓屬於這塊土地的記憶能一代代流傳、被看見。臺灣的文化藝術，是我們的驕傲，也是我們心之所繫，是我們的靈魂。

　　我們更要感謝陳澄波文化基金會對於文化部重建藝術史的響應，也感佩他們對於推動臺灣美術史的不遺餘力，因為這樣的展覽，讓臺灣藝術家與作品能重新被認識，以多元當代視野重新發現臺灣藝術家如何與世界對話，也在世界藝術史的圖像裡，置入臺灣的美麗風貌。

文化部　部長

鄭麗君

Foreword from the Minister of Culture

In the evolution of history, Taiwan has integrated many different ethnic groups and cultures, therefore, we are gifted with diverse and multifaceted arts. This is a precious asset shared by all and is a part of world art history; it is also our channel of conversation with the international community.

The creation of art is inseparable from the land, the people, and the daily life; contained within these we find the DNA exclusive to the Taiwanese culture. Through the support of the Forward-looking Infrastructure Development Program, the Ministry of Culture proposed the *Rebuilding Taiwan's Art History* project in the hope of systematically constructing Taiwan's art development process and passing down the cultural memories left behind by the pioneer artists. In addition to reconstruction and revival under the framework of policies, the strengths of government, citizen, and academies can be joined together more tightly via this project to rebuild the history of this land.

This exhibition, *From Lines to Network: Chen Cheng-po and His Collection of Painting and Calligraphy*, relies on the enthusiasm and professionalism of the Chen Cheng-po Cultural Foundation, as these exhibits are all precious cultural artifacts preserved through the joint efforts of three generations of Chen's family. Pioneer artist Chen Cheng-po, the embodiment of oil paints, translated his understanding of Taiwan into paintings, conveying his care and love for this land. His family members have painstakingly preserved and collected all material and artifacts as well as carried out careful repair work when necessary. Such effort has enabled these works to be shown to the world, allowing the audience to understand an artist's network of interactions and gain an in-depth experience of the real life of an artist.

Works of painting and calligraphy in this exhibition are created by artists from Taiwan, Japan, and China. The artistic relationships between them and Chen Cheng-po vividly and realistically epitomize the multiple contexts of art in Taiwan and also highlights Chen's unique status in Taiwan's art history.

We are especially grateful to Taiwanese artists for enriching our vision and life with all kinds of art, and our responsibility is to protect these cultural assets properly. Furthermore, we need to re-present their stories through systematic analyses, researches, and exhibitions so that their stories can be understood and appreciated, and the memories belonging to this land can be seen by and passed down to the next generations. Taiwan's culture and art is our pride and the jewel of our hearts and souls.

We would also like to thank the Chen Cheng-po Cultural Foundation for their response to the *Rebuilding Taiwan's Art History* project by the Ministry of Culture. We admire their tireless efforts in promoting Taiwan's art history. Exhibitions such as this allow Taiwanese artists and their works to be rediscovered, offering diverse contemporary perspectives to understand how Taiwanese artists engage in conversation with the world. It also inlays the beauty of Taiwan into the images of world art history.

Cheng Li-chiun, Minister of Culture

國立歷史博物館館長序──
風中的臺灣美術史

　　重建臺灣藝術史是文化部在 2017 年全國文化會議前後所提出的重要文化政策，集眾人意見之激盪與智慧之交鋒，在會議實錄《21 世紀臺灣文化總體營造》文化創造力總結報告提出：「系統化建構臺灣文化藝術史，整備研究詮釋體系之軟硬體基礎。」並且具體建議「建立國家藝文檔案中心和近現代美術館，重建臺灣藝術史。」鄭部長也在總結會議致辭裡提到：重建藝術史納入國家前瞻基礎建設特別預算。蔡總統也在致詞時提及重建臺灣藝術史的重要性──越在地就越國際，很多成功的例子證明這是可行的。

　　臺灣藝術史多少已經存在，而且也不斷發展中，為何要「重建」？我曾經對此問題有些思考與呼應，這篇短文部分內容如下：

　　從三月起跑、到九月初落幕的全國文化會議，「重建臺灣藝術史」是文化部鄭部長大力揭櫫與推動的政策，也是媒體報導的亮點之一。乍聽之下，著實令人情緒沸騰，頗為感動。不過，冷靜思考一下，「重建」何意，則耐人尋味。幾位藝術界朋友於聊天之際，也慢慢討論出對「重建」的疑慮與多議（義）性。「重建」，猶如建築隱喻，一般說來有強烈的暗示：是原先藝術史的架構不理想、有錯誤、沒計畫，因此打掉重來？還是強化原先贏弱的基礎、結構，並且調整間架與內容就好？重建是否是否定先前的「政治不正確」命題，只是以比較委婉的方式拒絕再轉向？無論如何，這兩種認知關鍵性地決定了政策的走向。歷史不能重來，包括歷史本身以及過往建立歷史的足跡，我想，仔細全面盤點、評估先前既有的建樹，應該是不可或缺的第一步。不清楚先前的狀況，任何布局、操作與投資都將事倍功半。不過，有一點倒是值得再三思考：挖掘遺忘的臺灣藝術故事，可以作為重建的開始。知名英國藝術史學者龔布里曲 (E. H. Gombrich) 在其名著《藝術的故事》開宗明義：「沒有藝術這回事，只有藝術家。藝術品不是神秘活動的結果，而是為人而創的物品。」從人的故事出發，才能讓「重建」臺灣藝術史有札根、接地氣的意義，因此，藝術的本土化應該是這次重建計畫的核心。臺灣歷史多元，南島文化、漢文化、歐美文化、日本文化以及東南亞文化等等，各種主流與非主流媒材，都應該在這重建的建築體裡有一定的空間被容納：美是加法，非排除法。當然，藝術史的重建，最終目的則不一定僅是藝術的目的了，誠如美國作家喬治歐威爾所言，寫作的目的有四：純然自我作祟、美學熱情、歷史驅動、政治目的。藝術歷史重建終將成為歷史的一部分，因此避免不了歷史的偶然作弄和其他外溢效應。(〈從被遺忘的故事重建臺灣藝術史〉，《蘋果日報》2017/10/30)

　　關於自己的藝術故事之編纂與敘說是重要的。編織藝術故事架構的方法就像是有意圖的拼合計劃：有主幹，有旁刺。主幹決定了身體的規模，旁刺的大小粗細以及與主幹如何串連銜接，「旁支末節」組合起來就構成了那構成的質地與形狀，也就是故事的樣子與規模。除了把握藝術家歷程中重要的階段、事件與作品、文本與檔案，更要把藝術家置入臺灣藝術環境的脈絡中讓讀者更能理解藝術家之所以如此的連繫。這樣的設想的文化框架是：一些既存的相關文本中少見的情節因此有機會被納入並被放大，文本之間有更多的交互對話的機會。

創造自己的敘述因而累積沉澱為歷史是主體形構的要件：吾人得以存在價值之所繫。誠如電影《雨果的冒險》的對白：「如果不知道自己的歷史，就像一個不知道有甚麼功能的零件，無法恰當地擺放在機器裡。」非洲諺語也說：「除非獅子有歷史學家，否則打獵的故事總是榮耀獵人。」重建臺灣藝術史最關鍵的意義其實是一種強烈的書寫自己文化的意識與意願！2016 年諾貝爾文學獎得主，吟遊歌手鮑伯‧狄倫 (Bob Dylan)1963 年名曲《隨風飄盪》(Blowing in the Wind) 表達人們追尋答案的艱辛與無奈感：

> 人究竟要經過多少旅程，才能被稱為人？
>
> 白鴿必須飛越多少海洋，才能在沙灘上安息？
>
> 砲彈要發射多少發，人們才會永遠禁止它？
>
> …親愛的朋友？答案隨風飄盪。…

我們以這種模式來探問「風中的臺灣美術史」：

> 究竟要有多少藝術家，才能被稱為臺灣美術史？
> 究竟要經過多久，才能被稱為臺灣美術史？
> 究竟要出版幾本書，才能被稱為臺灣美術史？
> 究竟要多少吶喊，才能被稱為臺灣美術史？
> 究竟要多少張羅，才能被稱為臺灣美術史？
> 答案啊答案，在茫茫的風裡。

答案雖然不明確，還是有的，在本館承辦的「線條到網絡——陳澄波與他的書畫收藏」裡。藉由過往陳澄波的書畫交誼路徑，以筆墨精神梳理近現代臺灣美術發展的三條脈絡：本地、中國、日本。以陳澄波收藏為經、交流為緯，因著翰墨緣分，呈現出陳澄波三地書畫家的互動網絡，是一次極為特別的臺灣美術史重建的方式，在藝術史學上也極有啟示的意義。有別於以往陳澄波作品展，本項展覽希望透過其個人收藏的視野，提供觀眾對陳澄波先生所處的藝術氛圍與歷史網絡，一種嶄新的觀察與解讀。「從線條到網絡」象徵著臺灣美術史的重建即將開枝散葉，繁茂茁壯。這個展覽可說是「風中的臺灣美術史」的答案之一。答案是有的，只要肯努力持續探掘。

國立歷史博物館 館長

Foreword from the Director-General of the National Museum of History: Taiwan's Art History in the Wind

Rebuilding Taiwan's art history is an important cultural policy proposed around the time of the 2017 National Cultural Congress. It gathered the opinions of many people and combined the wisdom of everyone. In *Congress Proceedings: A Comprehensive Construction of Taiwanese Culture in the 21ˢᵗ Century*, a cultural creativity summary report, the following was proposed: "[We need to] systematically construct the history of Taiwan's culture and art and set up the basic software and physical facilities needed to conduct research on a system that interprets Taiwan's art history." It also made a specific recommendation of "building a national artistic and cultural archive center and a modern and contemporary art museum to rebuild Taiwan's art history." Minister Cheng also mentioned in her speech at the wrap-up meeting: the rebuilding of art history will be covered by the special budget from the National Forward-Looking Infrastructure Project. President Tsai also mentioned in her speech the importance of rebuilding Taiwan's art history—the more emphasis being placed on local qualities, the more international the result would be; many successful cases have proven that this is achievable.

Taiwan's art history, to a certain extent, already exists and is constantly developing. Why should it be "rebuilt"? I have thought about this question and formed some opinions about it. The following is a part of my article:

In the National Cultural Congress that started in March and ended in September, "Rebuilding Taiwan's Art History" was a policy announced and strongly promoted by Minister Cheng of Culture. The policy was also one of the highlights reported by media. Hearing it for the first time really fills one with excitement as it can be quite moving. However, when one calms down and thinks about it, the meaning of "rebuilding" is actually worth close examination. In my conversations with several friends from the art circle, we gradually identified the doubts, controversies, and multiple meanings surrounding "rebuilding." Using the word "rebuilding" is like using an architectural metaphor and, generally, sends strong underlying messages: Is the original structure of art history not ideal, incorrect, or unplanned, and therefore has to be rebuilt? Or, is it only necessary to strengthen its weak original foundation and structure and adjust its framework and content? Does "rebuilding" deny the earlier "politically incorrect" proposition or euphemistically expresses disagreements and makes changes? Either way, these two perceptions critically determine the direction of the policy. History cannot happen again, including historical events themselves and the steps taken to account for the history. I believe that the necessary first step should be to carefully and comprehensively examine the established historical accounts and achievements. Without a full understanding of past situations, any planning, operation, and investment will take double the effort to achieve half the desired result. Nevertheless, there is one thing that is worth contemplating again and again: digging up forgotten stories about Taiwan's art can be the beginning of rebuilding. E. H. Gombrich, a well-known British historian specialized in art history, made a clear statement in his famous book *The Story of Art*: "There really is no such thing as art. There are only artists. Artworks are not the result of mysterious activities, but objects created for people." Using people's stories as a starting point is how a deeply rooted and down-to-earth meaning can be given to the "rebuilding" of Taiwanese art history. Therefore, the localization of art should be at the core of this rebuilding project. The history of Taiwan is diverse; it includes Austronesian culture, Han culture, European culture, American culture, Japanese culture, Southeast Asian culture and more. All kinds of mainstream and non-mainstream media from these diverse cultures should occupy a certain space within this reconstructed building. Beauty is addition, not exclusion. Of course, the ultimate motive of rebuilding art history is not necessarily for art only. As said by an American writer, George Orwell, there are four motives for writing: a motive driven purely by ego; a passion for aesthetics; the intention to push history in a certain direction; and political intentions. The rebuilding of art history will eventually become a part of history, therefore, it cannot avoid fortuitous manipulations of history and spillover effects. ("Rebuilding Taiwan's Art History from Forgotten Stories," *The Apple Daily*, 30 October 2017.)

The compilation and narrative of one's own art story are important. It's just like the message conveyed by the dialogue in the movie *Hugo*, "not knowing your own history is like being a mechanical part that cannot be properly placed in a machine because it does not know what its own function is." An African proverb also says, "unless the lions have their own historians, the history of the hunt will always glorify the hunter." The key significance in rebuilding Taiwan's art history is that it reflects strong awareness and willingness to write about one's own culture! The winner of the 2016 Nobel Prize for Literature, Bob Dylan, a poet and a singer, has a famous song that was released in 1963, "Blowing in the Wind." It expresses the hardship and frustration people experience in the search for answers:

> *How many roads must a man walk down before you call him a man?*
> *How many seas must a white dove sail before she sleeps in the sand?*
> *How many times must the cannon balls fly before they're forever banned?*
> *The answer, my friend, is blowing in the wind.*
> *Using this approach, we inquire into Taiwan's art history "in the wind":*

How many artists do we need until we can call it "Taiwan's art history"?
How much time need to pass until we can call it "Taiwan's art history"?
How many books need to be published before we can call them "Taiwan's art history"?
How many times do people need to cry out to be called "Taiwan's art history"?
How many times do people need to come together to be called "Taiwanese art history"?
The answer is blowing in the wind.

Although the answer is unclear, it does exist. In the exhibition organized by the National Museum of History, *From Lines to Network: Chen Cheng-po and His Collection of Painting and Calligraphy*, the journey taken by Chen Cheng-po through friendships formed via calligraphy and painting is incorporated with the spirit of calligraphy to organize and present the three major threads that run through the development of modern art in Taiwan: the local region, China, and Japan. With Chen Cheng-po's collections symbolizing longitude lines, and his social interactions as latitude lines, the exhibition traces the interpersonal network Chen Cheng-po established with painters and calligraphers from these three places. It is a very special way of reconstructing the history of Taiwan's art, and it serves as an inspiration in the history of art. Different from previous Chen Cheng-po exhibitions, this exhibition intends to provide the audience with completely new observations and interpretation of the artistic atmosphere and historical milieu Chen Cheng-po was in through the lenses of his personal collections. "From Lines to Network" also symbolizes that the reconstruction of Taiwan's art history is about to flourish and grow strong branches and leaves. This exhibition can be seen as one of the answers to the question about "Taiwan's art history in the wind." The answer is there; it just needs to be explored with continuous effort.

Liao Hsin-tien, Director-General, National Museum of History

國立國父紀念館館長序

　　國立國父紀念館是一座幸福的花園、藝文的殿堂，建館 40 餘年來，在建築師王大閎先生所形塑的建築語彙中，已成為全國的文化地標，莊嚴而樸實，親民而充滿活力。館內最重要的展覽場地中山國家畫廊，邀請在中華民國臺灣這塊土地上藝術表現或藝術發展有傑出成就者舉辦展覽，經多年積累，展覽重要性備受藝術界肯定。

　　本館長年致力書畫藝術的推廣，展覽規劃方向定位於近代東方書畫藝術的傳承及推廣，並以近代書畫名家為主題，透過持續辦理相關展覽以完整呈現臺灣早期書畫發展的根基及脈絡。陳澄波 (1895-1947) 以西畫聞名於世，為臺籍畫家中的第一人。由於其出身於書香世家 (父親陳守愚為前清秀才)，自幼接觸的書畫作品，因此其油畫作品呈現書畫的線條美感。

　　此次與國立歷史博物館共同辦理「線條到網絡──陳澄波與他的書畫收藏」，展示陳澄波的作品及他與臺灣、中國、日本三地藝術家的互動交遊，是文化部所屬館際合作的展現，也是文化部重建臺灣藝術史的具體行動。如同鄭麗君部長所說：「只有藝術家的故事不斷被述說，屬於我們自己的藝術史的輪廓才會越來越立體、越來越豐富。」誠摯邀請愛好藝術的朋友，共同分享。

國立國父紀念館 館長

Foreword from the Director-General
of the National Dr. Sun Yat-sen Memorial Hall

The National Dr. Sun Yat-sen Memorial Hall is a garden of happiness and a sanctuary for art and culture. In the more than 40 years since its founding, the Memorial Hall, shaped by the architectural vocabulary formulated by architect Mr. Wang Da-hong, has become a national cultural landmark— solemn and simple, approachable and full of vitality. Chung-Shan National Gallery, the most prominent exhibition venue in the Memorial Hall, extends invitations to those who have made outstanding achievements in arts performance or art development in the land of Taiwan to participate in exhibitions. After many years of accumulated acclaims, the importance of the exhibitions has been recognized by the art circle.

The Memorial Hall has been dedicated to the promotion of painting and calligraphy for many years. The exhibition planning direction is oriented towards the passing down and promotion of modern Oriental art of painting and calligraphy by pioneer artists. Through the continued organization of relevant exhibitions, we strive to present a comprehensive context of the development of painting and calligraphy in Taiwan during the early days. Chen Cheng-po (1895-1947) is renowned for his Western paintings and was the first amongst Taiwanese artists. As he was born in a traditional scholarly family (his father, Chen Shou-yu, was a *xiucai* scholar in the Qing Dynasty), he was exposed to works of painting and calligraphy since youth, hence the aesthetics of calligraphic lines can be seen in his oil paintings.

The exhibition, *From Lines to Network: Chen Cheng-po and His Collection of Painting and Calligraphy*, organized in cooperation with the National Museum of History, will showcase Chen Cheng-po's works and his collection from his interactions with artists from Taiwan, China, and Japan. It sets a model of inter-museum cooperation under the Ministry of Culture; it is also an exemplary and concrete action by the Ministry of Culture to rebuild Taiwan's art history. As Minister Cheng Li-chiun said: "Only when the stories of artists are continuously being told will the shape of our own art history become more and more clear and enriched." We sincerely invite art lovers to come and share this experience.

Liang

Liang Yung-fei, Director-General, National Dr. Sun Yat-sen Memorial Hall

陳澄波文化基金會序

等待是先人面對惡劣政治環境的唯一出路，戰後第一次有機會展出陳澄波作品已是 1979 年，夫人張捷度過了幽暗的 32 年白色恐怖之後，為亡夫在民間藝廊籌辦的「陳澄波遺作展」，展後隔天 12 月 10 日高雄爆發美麗島事件，乍現曙光的期待，瞬間沈寂。

美麗島受刑人陳菊出獄，更當選了高雄市長。2011 年，高雄市美術館以「切切故鄉情」為題，盛大舉辦陳澄波個展，是首次台灣公立美術館為他舉辦的像樣回顧展，陳家第二代陳重光（陳澄波長子）終於克服怨惡政府的心防，將兩幅先人的油畫捐給高雄市，為爾後基金會將大量作品文物捐贈東亞十二館舍的起點，算來剛好又過了第二個 32 年。

營運中的基金會同仁不會再等待另一個 32 年，我們每天朝著美學教育推廣的方向前進，下一個世代台灣人的健康史觀和美育是不變的使命，也是陳澄波的未竟志業。

2011 年，我個人結束三十餘年的海外生活，回台定居是個偶然的決定。身為長孫即便每年回家省親，卻沒有真正介入父親一直專注經營的基金會各項活動。即使二二八事件已經在社會的群體記憶中模糊，但後代的危機意識卻依然強烈。

隔年，當發現父親房裡的大衣櫥中有夾層，雖然震憾卻並未感到特別訝異，而不久後再度察覺到夾層頂上另有一個長形暗箱，箱子裡塞滿數十卷紙本水墨書法作品，就特別地誘發了令我想探索究竟的魔力。隨即研究團隊形成，引導著一群各領域研究者共同投入，就如同陳澄波生前曾刻意安排似的，循著一卷卷脆弱老作品艱難地攤平，暗箱中沈睡了七十餘年，畫家的東亞交遊脈絡於是被開啟。

經歷了修復、數位化的繁複檢視過程，蒐集了相關人名、年代、款識等相關連結，一個充滿地域感的空間關係逐漸浮現，循著畫家生命洄游的路線，在各處停留、互動、創作、交流等無數細小資訊，拼湊出陳澄波自 1920 年代迄二戰止的交友網絡。

四處旅遊寫生的創作歷程中，多元文化的接觸和交流，開拓了知性的視野，同時也淨化了自我認同的抉擇，一個深受西方藝術薰染的東洋思考模式逐漸形成，也不斷多層次的呈現在各階段、各場域的作品中。他身處西化潮流的浪頭，熱切追求西洋美術蓬勃發展的軌跡，卻始終保存了身為東洋人的美學觀點。他自幼從生父守愚公的教導中，深受漢文化的哺育，卻在求學養成的過程裡，超越了華夏美學的單一束縛。這一批作品的年份前後三十餘年，來自橫跨韓、日、中、台、東亞文化圈內藝術友人的互贈作品及相關文物，恰好是詮釋陳澄波形塑自身創作理念的一大佐證。

當我們理解張捷以生命守護丈夫遺留文物的心情，就不難了解她對那批友人贈予陳澄波的作品，是絕對必須深鎖在靈魂深處的禁臠。落款中的諸多名字，在漫長的白色恐怖三十餘年，它們無疑就像一顆未爆的定時炸彈，靜靜躺在暗黑的樓閣深處，也不難想像其後她將之交付兒子重光時的慎重叮嚀。於是，第二代子孫在搬遷新居的同時，仍不忘張捷的囑咐，為藏匿這批「友人」的作品，在大衣櫥中製作了一處夾層中的暗箱。

而暗箱重啟、文史脈絡梳理卻不是悲情訴說可以單獨完成的。展覽前長達一整年的籌備時間，最感謝策展人蔡耀慶博士即時投入，他不輟的深度判讀和連結，更正錯誤和增添史料，編排展示和詮釋層次，終於展現出一個讓當代觀者可以理解的文化脈絡。在此，個人深深的向蔡博士及他帶領的團隊致上謝意，感謝他們為屬於台灣人的文化，在東亞網絡中樹立了該有的定位！

陳澄波文化基金會 董事長

陳立栢

Foreword from the Chairman of the Chen Cheng-po Cultural Foundation

Waiting was the only way forward for our forebears in the face of a harsh political environment. It was already 1979 when the first opportunity to exhibit the works of Chen Cheng-po arose, after enduring a dark and bleak 32 years of White Terror. Chen's wife, Madam Chang Jie, organized the *Chen Cheng-po Legacy Exhibition* at a private art gallery for her late husband. The day after the exhibition, on 10 December 1979, the Formosa Incident broke out in Kaohsiung and silenced the briefly-flaring light of hope.

Chen Chu, imprisoned due to the Formosa Incident, was released and even elected as the Mayor of Kaohsiung City. In 2011, the Kaohsiung Museum of the Fine Arts formally organized a Chen Cheng-po solo exhibition titled *Nostalgia in the Vast Universe*, which was the first proper retrospective exhibition organized for him by a public art museum in Taiwan. Chen Tsung-kuang (eldest son of Chen Cheng-po), finally overcame his wariness and distrust of the government and donated two of his father's oil paintings to the Kaohsiung City. This marked the beginning of Chen Cheng-po Cultural Foundation's donation of numerous works and artifacts to 12 museums across East Asia; it also marked the passing of another 32 years.

The colleagues running the Foundation will not wait another 32 years. We are moving towards the promotion of aesthetics education every day. Creating a healthy perspective on history and aesthetics education for the next generation of Taiwanese people have remained our unchanging mission, and it is also the unfinished calling of Chen Cheng-po.

In 2011, I ended my more than three decades of life overseas and made the fortuitous decision to return and live in Taiwan. As Chen Cheng-po's eldest grandson, I never really took part in the various activities of the Foundation my father was deeply involved in, even though I came back to visit the family every year. Even though the February 28 Incident has begun to blur in the collective memory of society, the sense of crisis awareness has remained strong in the next generations of the Family.

The following year, I discovered that there was a hidden compartment in the large wardrobe in my father's bedroom. Although it was shocking, I was not particularly surprised. Then I noticed that there was a long storage box in the hidden compartment and the box was filled with several dozen scrolls of calligraphy ink paintings and calligraphy works. As researchers in various fields painstakingly unraveled these fragile and aged works, the interpersonal connection network across East Asia hidden in the storage box was revealed, as if it was by Chen Cheng-po's deliberate arrangement.

After undergoing a complicated review process of restoration and digitizing, as well as collecting related links such as names, eras, and signature seals, a spatial relationship filled with regional characteristics gradually emerged. Following the route of the artist's life, where he stayed, interacted, created, exchanged, and other countless small information details, the friendship network of Chen Cheng-po from the 1920s to the end of WWII was pieced together.

Through the creative process of traveling everywhere and finding inspiration from the multicultural contact and exchange, Chen Cheng-po opened up his intellectual horizon and also purified the choice of self-identity at the same time. An Oriental thinking mode deeply influenced by Western art had gradually formed, which was also continuously presented at multiple levels in the works of each stage and field. He was at the top of the wave of the Westernization trend, eagerly pursuing the trajectory of the flourishing Western art, but had always preserved the aesthetic view of being an Oriental. From a young age, he was deeply immersed in the Han culture under the teachings of his father, yet he surpassed the unilateral restrictions of Chinese aesthetics during his years of studies. This batch of works was created over a span of more than 30 years, including mutual gifts and related cultural artifacts from artist friends across the Korean, Japanese, Chinese, Taiwanese, and East Asian cultural circles, all serving as testament to the formation of Chen Cheng-po's own creative ideals.

Once we understand the determination of Chang Jie to protect her husband's remaining relics with her life, it is not difficult to understand that when it came to the works gifted to Chen Cheng-po by his friends, the sanctity of these works had to be preserved by locking them away in the depths of her soul. The many names in the inscriptions were undoubtedly like an unexploded time bomb, lying quietly in depths of the dark attic throughout the interminable White Terror period for more than 30 years. It is not difficult to imagine the sense of care and caution she impressed upon her son Chen Tsung-kuang when she entrusted these works to him. Therefore, when the second generation descendants moved to new places of abode, they did not forget Chang Jie's instruction: in order to hide the works of these "friends," a storage box was made for a hidden compartment inside a large wardrobe.

When the box re-emerged, the sorting and organization of history and context was not something that could be completed through merely the recounting of sorrowful sentiment. During the year-long preparation period before this Exhibition, we are most grateful for the timely involvement of Dr. Tsai Yao-ching. He tirelessly provided in-depth interpretations and links, corrected errors and added historical materials, arranged the display structure and provided annotations on all levels, and finally presented a contemporary cultural context that can be understood by contemporary viewers. Here, I would like to personally express my deepest gratitude to Dr. Tsai and his team, to thank them for establishing the position that belongs to the culture of the Taiwanese people in the East Asian network!

Chen Li-Po

Chen Li-po, Chairman of the Chen Cheng-po Cultural Foundation

CONTENTS
目次

陳澄波創作中的摩登迷戀 [1]

廖新田

國立歷史博物館館長

風景畫與現代性

　　西方風景畫的興起和現代人面對生存環境的心態有關。同時，風景畫不僅呈現悅目的景緻，也反映生活空間、旅遊、烏托邦想像、甚至是權力等等現代性觀念的範疇。殖民情境中的風景畫甚至呈現了異於西方的另一套語境：探險、發現、文明、異國情調、殖民現代性 (colonial modernity) 等等是解讀風景的權力形構的重要概念，因而發展出另一套思考風景畫的路徑。[2] 殖民社會的景觀被反映與表達在風景畫之中，成為一種特殊的「風景奇觀」(the spectacle of landscape)，其實也是「摩登奇觀」。

　　現代性的觀念反映著歐洲與其他國家的一種核心與邊緣的階序關係。從臺灣文學的後殖民批判角度出發，陳芳明表示，現代 (modern) 一詞，在中文與日文採取音譯「摩登」與"モダン"，其實是帝國主義與歐洲中心論雙重運作下的概念，指涉進步、科學，也指涉風尚的生活以及流行、時髦。因此「摩登」可以說同時是理性與感性的雙重運作。臺灣風景畫的興起可以說殖民現代性的表徵，其地理文化就有了特殊的地域意涵：一個專屬於臺灣的風景觀與風景再現。就日治時代臺灣風景畫的發展而言，此一機制可謂是「現代化作為美學化」的過程：現代化在殖民內容中意味著美學次序的建立，代表自然美的內容與相應的文化內涵。記錄、編排與展示乃轉換的主要行動；發現與表徵則是統攝這些行動的機制，而「帝國之眼」(the imperial eyes) 藉著現代旅遊儀式達成領域的馴化、圈豢與宣示。[3] 地域外貌被視為視覺的秩序重整之場域，以熱帶風景和南方鄉村的廟宇、熱帶植物、鄉村房舍和農民生活的風景來表現台灣地景的真實性，但是同時有許多的變遷代表著殖民統治的現代化巨變，例如，電線杆、橋樑和鐵路漸漸成為風景畫中的常見元素。

　　風景畫除了描繪現代風景的魅力，還能展現一種視覺上的宣稱：對特定主題、地域、人與物、自然元素、構圖、展現的反覆呈現。因此，將風景畫的表面意思提升到人文的層次，因而有特定的意涵。即便是現場寫生的風景，入畫與排佈的方式在在吐露出畫家的美學觀、價值、心理，甚至是意識型態等等。準此，日治時期諸多台灣風景畫家中，陳澄波風景畫中刻意描繪現代設施，如電線桿、道路、水泥建物、橋梁、鐵塔等等，以及刻意與誇大的安排、細節交待、反覆等等手法與表現，這種樂此不疲

1. 本文為摘要重刊，全文曾發表於 2015 年 1 月《雕塑研究》14：1-41。

2. Mitchell, W. J. T., 2002. "Imperial Landscape." W. J. T. Mitchell ed., *Landscape and Power*. Chicago: University of Chicago Press, pp.5-34.

3. Pratt, Mary Louise, *Imperial Eyes* (London and New York: Routledge, 1992).

的再現顯示出他某種程度的「現代性迷戀」。關於陳氏台灣風景畫的現代觀、現代空間已有諸多文論分析，本文在方法上則企圖探索視覺形構與風景構成的分析，扣接台灣美術的現代性問題並試圖演繹出相關風景畫的基本命題。

新美學次序

台灣風景畫的發展成為一種特定的視覺與敘述風格，反映了殖民社會與文化的變遷，其中包括現代藝術環境的興起如美術教育、展覽會和評論等等觸及現代化的計劃。台灣風景畫中殖民現代化的最重要特徵是「發現」和「再現」真正的地方生活，並且在寫生過程中見證這些環境的鉅變。描繪台灣環境的想法已經多多少少混合了一個共同目的：描述台灣的轉變，其真實是在熱帶的風景畫和南方的農村景色裡被表達出來，其中包含了寺廟、熱帶植物、傳統的住宅和農村生活。但同時，有許多再現上的改變來自於殖民統治的現代化成果：井然有律的電線桿排列、以尖銳的透視法表現的橋樑和鐵公路成為風景畫中越來越普遍的題材。藝術家試圖同時去描繪和表現真正的地方故事和現代化發展榮景。

日治時代臺灣風景畫呈現社會變遷下的視覺藝術次序新貌，並且傳達出涵育與開發自然環境的企圖。不少畫家更迫不及待地納入現代主題以建立新的美學秩序，並視之為理所當然。1925 年，當臺北橋落成之際，立刻成為城市現代化生活的新地標。這座歷時四年才竣工的現代景觀也成功地改造了自然環境，成為臺北的文化地景。除了交通、經濟上的利益，它所開啟的景觀美震撼了民眾。「鐵橋夕照」乃成為八景之一，和淡水等地都是攝影的熱點。陳植棋和李石樵分別於 1925 年 1927 年以油畫、水彩描繪了這座有七連鋼骨、柏油橋面、人車分道的水泥橋。這兩張作品均以極銳利的透視角度表現新的科學觀看方法成現於觀眾眼前。由於攝取景物者的位子必需是在岸邊，強烈的斜角幾何造型傳達一種高度的、迅速的、甚至有些震撼的現代感。地景之美在臺北橋的介入下重新被書寫，其語彙是進步的、時髦的，並帶有一種簡潔的現代美感。

現代視覺奇觀

電力成為島上現代化的代表性象徵。在清朝統治下，當時的臺灣是第一個有電力公司的省份；殖民時期，電力生產更進一步成為島上工業化和發展過程的重要基礎建設。1905 年之後，日本人在台北建立了水力發電的電力公司。1918 年，政府大量利用中臺灣日月潭的水力，並且合併所有私人和公共的電力設施成為一家臺灣電力公司，是當時亞洲最大的日月潭的計畫。此時的風景畫試圖述說當地的真實生活，亦即在日本統治下逐漸暗示著美好的變遷。透過藝術創作的過程，觀看臺灣風景的新典範因而誕生：接受現代化，禮讚對自然的挪用與現狀的改變，並且美化與正當化這種視覺秩序，最終成為觀看與欣賞臺灣地景之美的參考架構。

電線桿題材在日本藝術家小澤秋成 1932 年的「電信柱展」中具體的表現出其獨特的視覺魅力，因此當時的陳清汾評論道：[4]

大膽擷取都會風景，使用於他人畫作中所找不到的獨特色彩及線條，經過組織形成一個小小的世界，具有在不知不覺中呼喚觀者的偉大力量。

類似這種現代化的設施在臺灣風景畫中成為不可或缺的、震撼的視覺元素，具體反映殖民時期的街景。此景象宣告了現代生活的到來，一個當地傳統和現代的混合體。日治時期臺灣藝術家深深為現代化設施所著迷，而且大量地納入畫作中，台府展參展作品中描繪現代陳設的作品超過百件，由此可見一般。陳澄波雖不能說第一位或唯一者，但可說是最執迷的畫家。根據李淑珠的調查：[5]

> 雖然陳澄波圖片收藏裡描繪電線桿的作品不多，但無論是日本還是臺灣的近代畫壇，作為近代設施的電線桿的題材，其隨處可見，並非陳澄波一人的專利，但若以數量多、重視細節的描寫傾向來看，陳澄波的電線桿，的確有其獨特性。

陳澄波的兒子陳重光回憶道：[6]

> 父親想表達的是真實的生活，所以，那些礙眼難看的電線桿，他也都一一描繪，讓人一看就知道，這是個「現代」的社會，不是幻境美景。

他以獨特的個人手法凸顯其風景主題中的現代氛圍，進而形成風格鮮明的「陳氏風景」：[7]

> 的確父親有一些畫，像是對一般的、傳統的美學觀念挑戰著。比如說一九二七年的作品「夏日街頭」，在畫面的重中央很忧目地豎著一根電線桿。像是把畫面分成均勻的兩半，一般畫家總是盡力避免這樣的構圖，或去掉電線桿，或挪到另一個角度，務要適應一些原則，避開呆板、笨拙。然而父親這幅畫，在中央這條垂直線條的威脅下，卻沒有顯得呆板，因為生趣盎然的綠樹圓圓的頂端，彎曲的道路和草地形成的弧線，巧妙地讓畫「活」了起來。那些電線桿矗立在那裡，彷彿是再自然也不過的了。

審視畫面，陳澄波對電線桿的描繪在於強調它的筆直和排列的構成特性：帶有導引的功能與敘述性，因此格外醒目。在其他的例子中電線桿被柔化以便於配合畫作中柔軟平順的曲線。也就是說他們透過繪畫語言的轉化增加畫作詩意的特性。另外，陳澄波對工業景觀的興趣顯然很高，喜歡描寫冒煙的煙囪，刻意暗示風吹的方向。種種這些元素的刻意而反覆地交代，和他的創作敘述，以及極具特色的風格，構成一種謎樣的問題：為何如此執著或者迷戀？

行文至此，似乎尚未找到陳澄波風景畫面中那些特別突出的現代化元素的用意，要因此歸因他對現代性有某種執迷並沒有直接或有力的證據。毋寧的，從陳對構圖的研究與畫面的經營來看，電線桿等現代物件的排置自然而然地切割與細膩化畫面，恐怕才是他迷戀摩登的本意吧？他著迷於風景畫的現代構成所帶來的視覺效果，因為電桿與建物的線條容易促成畫面的複雜結構，營造更為生動的空間構成。從一批 1927 年到 1944 年的一批素描來判斷，電線桿不僅是歌頌現代化的目的，更直接的目的是為了畫面的複雜空間扮演定位與量尺的功能：當電桿的線條置放於畫面某處，則風景中的物件便「各歸其位」；而電桿的長短排列則界定、分配了物件的大小呈現與空間中遠近的順序關係 (前景、中景與遠景)；電線的斜切橫移則突破水平垂直的變化，依高矮排列，則便指向一種

---

4. 轉引自邱函妮，《街道上的寫生者》，頁 40。

5. 李淑珠，〈陳澄波圖片收藏與陳澄波繪畫〉，《藝術學研究》7 (2010)，頁 97-142。

6. 陳重光，〈打破美感的禁忌──懷念父親陳澄波〉，《藝術家》34 卷 2 期 (1992)，頁 219。

7. 同上註，頁 220。

空間的方向與深度。這個效果，如他所強調「我的畫面所要表現的是，所有線條的動態。並用筆觸使整個畫面生效，或是將一種難以形容的神祕的東西引進畫面，這就是我的著眼點。」[8] 畫面中這種神祕的力量是什麼意義，實在值得考究。循此，利用電桿直線所架構出來的隱藏中的畫面的「空間皺褶」—意圖營造更多層次的風景空間，加上幾何化的樹木造型與建築物，已經超越描寫的目的，而是形式與構成的探討層次。因此，陳氏風景的風格問題，除他那無法用學院規範的創作手法以及相當堅持的題材，其實也指向他的風景格式的逐步打造，以及風景構成的深層探索。

我們該探問的是：陳澄波的風景畫要打造什麼樣的風景圖式？首先，他有很強的風景框架概念。在速寫過成中，他慣性地以框架取景、形塑視覺焦點給觀者（更遑論將中心置放於畫面中央處）。那反覆厚重的線條似乎在強調取景的嚴肅範疇，框外則是留作筆記或多餘的空間。這種「自我設限」的方式顯是一種嚴謹的取景入畫與構成計劃的態度。同時，框架不一定是線條，可以是一景一物取而代之（當然最自然的是樹狀植物或電桿，因為都有線條的特性）。檢視他的速寫素描，也可以印證他孜孜不倦的空間規劃與構成研究的記錄，因為那是需要「注意」的重點，因此他把這兩個字註明在框架的計劃上。這個網狀的透視格套用在風景上，電桿和樹幹所扮演的腳色是可以引導視覺的構成條件，超越了原有物件作為風景畫主題的指涉，直指空間形式的探索，一種朝向畫面自主性的宣稱。筆直電桿是第二層的框架，它扮演了符號與形式的雙重意涵：前者是顯示殖民地景觀的現代性，後者是藝術創作者最關心的空間議題—因此，同時有殖民現代性與藝術現代性的雙重義涵。

結語

風景畫起源於西方，材質、題材、表現等等則理所當然受西方視覺思維與美學觀念所影響或主導。非西方風景畫的興起則因著歷史的交錯而有更複雜的文化與社會的因素摻入其中，而現代性（或批判性觀點，殖民現代性）是主要的思考點之一。陳澄波的風景構圖計畫中所帶入的現代性，是藉由現代建物創造本土空間的視覺美學秩序。表面上是物件的描繪，敘說日治時期台灣社會的情狀與地方風情，似乎是強調台灣地景的顯影，但實際上，其內部卻隱藏著關於風景畫中藝術命題的探索：關於空間營造與視覺效果，換言之，它所迷戀的摩登物有了形式與內容的「雙重」的意涵。藉由電桿與電線複雜化風景路徑，並非催促視線蜿蜒行進，達到漫遊的目的。於是，曲折的路徑體現了這種效果，觀景的行動也因而豐富起來。

陳澄波是個純粹、熱情而專注的風景藝術之空間構成探索者，「油彩的化身」的自稱當可回歸到藝術的基本命題，恐怕吾人就不能將他的風景畫視為是殖民現摩登的迷戀，或僅僅是一種集體的、對現代工業奇觀的新奇感的專注描繪；毋寧的，他另有所圖，在意的是透過現代陳設與自然物件來完成他的空間計畫，營造一種神祕而具空間引力的視覺效果。從創作軌跡來看，以研究型藝術家來看待陳澄波並不為過。最後，這裡並非否證本文一開始的風景畫理論論證，主要是說明風景畫藝術的複雜性與詮釋的多元性已遠非記錄地景之美或地景之實所能涵蓋。

---

8. 陳澄波，〈――アトリヱ巡り――タツチの中に線を秘めて描く帝展を目指す　陳澄波氏〉(《台灣新民報》，1934)，資料來源：陳澄波文化基金會。

筆觸與線條──陳澄波畫風中的華夏文化底蘊

黃冬富
國立屏東大學視覺藝術學系藝術講座教授

前言

　　繪畫中的筆觸，淺顯而言，是指畫筆在畫面上所留下的運筆痕跡，與作畫時顏料及調和劑之厚薄濃淡之對比，以及運筆的速度、力度和角度有關，而其畫面效果則與質感 (肌理) 和量感直接關聯。回顧油畫發展史，在文藝復興時期，基本上往往將畫面出現筆觸視之為作品尚未完成，因此基本上不見筆觸；到了浪漫主義時期，才逐漸顯現筆觸；直到 19 世紀中期印象主義繪畫興起以後，筆觸的表現機能之重要更加彰顯，甚至成為畫家表現個性、情緒等畫風特質的利器。到了 20 世紀 10 年代以後的後印象主義 (Post-Impressionism，如塞尚、高更、梵谷等) 以後，才進而發展出富有表現機能的線條，成為畫面展現個性和生命力的重要賣點。然而相形之下，線條卻是數千年來華人繪畫藝術傳統的重要特質。遠在 5 世紀末的南齊謝赫有名的〈繪畫六法〉，早將「骨法用筆」標舉為緊接「氣韻生動」之後，繪畫創作以及鑑賞的第二重要法則。因而常有將中華傳統繪畫喻之為「線的雄辯」或「線條的雄辯」[1] 之說法。

　　油畫於日治時期方始正式引進於臺灣，[2] 日治時期臺灣第一代西畫家當中，陳澄波的油畫，風格獨到而個性強明的筆觸和線條，富含相當程度的中華文化底蘊，在同輩之臺灣西畫家當中，頗能凸顯出其獨特的畫風辨識度，本文旨在梳理其形成和發展演變之來龍去脈。

・早年成長環境與漢文化之養成背景

　　陳澄波在臺灣割讓日本同一年的 1895 年 2 月 2 日生於嘉義，陳父守愚公 (?-1909) 為前清秀才，曾擔任和學堂和私塾教師，陳澄波童年時期也曾接受過民間傳

---

1. 「線的雄辯」一語，首見豐行 (豐子愷) 於 1930 年元月，發表於《東方雜誌》的〈中國美術在現代藝術上的勝利〉一文。收入郎紹君、水中天編 (1996)。《二十世紀中國美術文選 (上卷)》。上海：上海書畫出版社，頁 240-269。此外，吾師李霖燦教授生前在課堂上以及文章中，也經常以「線條的雄辯」一語來形容中華繪畫之特質。

2. 西洋畫出現於臺灣，最晚當肇始於荷蘭和西班牙佔領臺灣的荷西時期 (1624-1662)。就目前可見之資料顯示，當時以版畫或水彩為表現材質而具有繪畫趣味的地圖，以及描繪臺灣史實、景緻圖像的書籍插圖。此外，當時的傳教士所引進的聖像圖繪以及聖經插圖也都算得上是西畫。不過，就目前所知，當時這些圖畫之作者都是洋人。因此，雖然荷西時期西洋畫曾經出現於臺灣，但實際上並未生根。

統的書房教育，[3]直到滿 12 歲時 (1907) 才進入嘉義第一公學校 (今嘉義市崇文國小) 接受新式教育。因此雖然陳氏正式的學校教育接受的是日治時期的日式教育，但由於他從小特殊的家庭教育背景，因而在其可塑性最高的童年時期，比起日治時期的其他西畫家，擁有更為直接的漢文化養成環境。

日治時期嘉義地區文風鼎盛，日治前期書房施設數目繁多，顯見其漢文化之盛況。到了 1919(大正八) 年元月，〈臺灣教育令〉公布以後，書房方始急速銳減，但是詩社方面仍未作抑止，尤其值得注意的是，嘉義在日治時期詩社數量曾位居全臺各地區之冠，總數達到 27 社之多。[4] 書房和詩社數量多，也象徵著陳澄波從小成長、學習的環境空間－嘉義地區，一直乘載著較為濃郁的漢文化氣息，這種成長環境氛圍，對於陳氏漢文化素養的增強應該不無影響。

書法是中國古來科舉考試的重要篩選指標之一，[5]因而長久以來漢文化體系中，書法一直被視為知識分子的重要基本素養，在古代「萬般皆下品，唯有讀書高」，「學而優則仕」的傳統價值觀底下，一般家庭孩童通常在識字之初即接受用毛筆寫字的基礎書法訓練。守愚公能通過秀才的選拔，自然具備相當程度的館閣體書法造詣，而且也必然重視毛筆字的養成訓練。值得注意是，目前中央研究院所典藏一批守愚公的毛筆文稿以及試帖習作，從這些墨蹟當中，顯示出守愚公的小楷主要師法文徵明，靈秀而典雅；行草則以二王 (羲之、獻之) 為根底，又摻以米芾、王鐸之書風，奔放而自然，毫不矯飾，遠遠跳脫科舉館閣體之層次，而具有頗高的藝術性，甚至已臻當時書家之水平。陳家長期珍藏守愚公數量極為可觀的墨蹟迄今已逾 90 年，依照常理，童年時期的陳澄波應該有機會看到父親用毛筆寫字，甚至親自點撥指導過他。

陳澄波就讀國語學校時 (1913-1917)，前三年間之課程都有包含習字 (書法) 在內，[6]當時的書法教諭為久木田休助，主授手工兼教習字。[7]可惜他這些早年的書蹟早已不存。不過從他所遺留的國語學校「學業成績表」顯示，雖然「漢文」成績並不特出，但「寫字」一科卻有很優秀的表現。[8]

‧東京美術學校時期的書畫訓練

（一）書法習作之分析

東京美術學校圖畫師範本科就讀時期 (1924-1927)，不但入學考試科目中有「書

---

3. 蕭瓊瑞曾推論守愚公當年可能心存觀望，故讓陳澄波幼年時期接受了好幾年的書房教育。此外，筆者認為在 1919 年五四運動以前的十九世紀末、二十世紀初，華人觀念仍以「中體西用」為主，這種根深蒂固的「中學為體」之觀念，應該也是重要因素之一。

4. 詳見林惠源 (2003)。《嘉義藝文發展的歷史觀察》。臺南市：國立成功大學歷史研究所碩士論文。頁 60-62。

5. 黃冬富 (2003)。《中國美術教育史》。臺北市：師大書苑。頁 51-52。

6. 有關臺灣日治時期的公學校書法師資之培育可詳見葉心潭 (1999):《日治時期臺灣小學書法教育》。臺北：惠風堂。頁 19-43。

7. 同上註，頁 22-24。

8. 參見〈陳澄波的相關年表〉，收入《「從線條到網路－陳澄波書畫收藏展」展覽計畫》，頁 11-14。

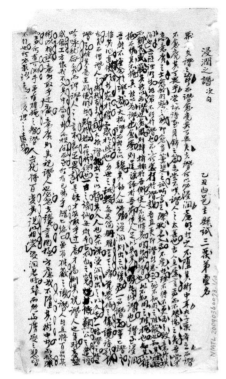

陳守愚　浸潤之讚（手稿）國立臺灣文學館典藏

「法」一項，甚至在學三年之間都有每周 3 小時的書法 (習字) 課。[9] 查閱東京藝大美術學部所編輯的《同窗生名簿》裡頭，陳澄波就讀圖畫師範本科的三年期間，講授習字課程的老師只有岡年起作一人。[10] 因此，留日時期教導陳氏書法的老師應該就是岡田老師。

目前可見陳氏在東京美校圖畫師範科時期的書法習作，其中多數保留著岡田老師以硃筆示範訂正的痕跡，從題款部分顯示，這批書法習作涵蓋了本科一年級到三年級的作業。值得注意的是，部分落款僅署「陳」姓而略其名，但仍見老師硃筆訂正痕跡，顯見這些都是課堂作業。查閱陳澄波就讀圖畫師範科之同窗名單，除了陳氏與廖繼春兩位臺籍生以外，其餘皆為日本人。具體而言，班上僅有他一人姓陳。[11] 因此在作業中僅署─「陳」姓，即可辨識其身份。

其中的一年級作品以楷書和行楷為主，皆屬臨帖，運筆沉著而緩慢，較顯規矩而嚴整，已然透露出受過相當基礎訓練的書法根底，應是早年家庭教育以及國語學校時其所札下的書法根基。到了三年級時，其作品則有較多脫離臨帖而出於自運之作，而且出現大量的行草和近似草書的日文平假名書寫俳句。分析其自運作品之筆法往往結合不同的書風，甚至同一件作品當中，也常出現楷書和行書或者行書和日文相互穿插並列之情形。以陳氏自運書寫《論語‧子罕篇》:「顏淵喟然嘆曰『仰之彌高，鑽之彌堅…。』」橫幅習作為例，其書體基本上以楷書為主，但是有不少字筆法卻帶有連筆的行書意味，如「然」、「前」、「善」、「欲」…等，可謂之行楷；此外「約」、「罷」、「能」等字已然是典型的行書。這種書體混雜之情形可以顯見陳澄波拋棄臨本以後放手自運但仍尚未成熟之出現之現象。其次，其楷書字體結構似乎以歐 (陽詢) 體為根底，但起筆的筆尖直接入鋒，略帶褚遂良和智永的筆意；橫畫的收尾則往往運用筆肚頓筆回推，則又接近於 (顏) 真卿、(柳) 公權書風；豎筆懸針和垂露也接近顏、柳。至於其行書部份，則似乎受到王羲之《集字聖教序》書風之影響。整體而言其書風較近帖路而無碑味，可能學習的對象多以墨蹟本為主的緣故所導致。

此外值得注意的是，三年級的書法習作當中，有幾件橫幅採右半部行書，左半部近似於草書的日文平假名之並列型式 (其中行書裡面又摻雜部份的行楷在內)，尤其日文部份之流暢度甚高，品質顯然優於行書和楷書部份，推測其日文部分可能在課堂上觀察老師的示範運筆之後出於臨仿之作。而且日文的流暢奔放之節奏，可能也比較適合於「天真熱情」[12] 個性的陳澄波所發揮。

基本上陳澄波進東京美校以後，書風逐漸從規矩嚴整的臨帖而朝向自在地融合其學習經驗，放手自運。雖然其書法結構不如其筆法變化來得精彩；在同一件作品中各

9. 詳見白根敏昭 (2012)：〈陳澄波的日本畫〉，收入創價藝文中心委員會主編 (2012)《豔陽下的陳澄波》。臺北：勤宣文教基金會，頁 34-35。

10. 詳見東京藝大同窗生名簿編輯委員會 (1981)：東京藝大美術學部《同窗生名簿‧舊教官》，頁 15-35。

11. 同上註。頁 355-356。

12. 與陳澄波交情頗深的東京美校高他一屆的王白淵，曾形容陳氏個性「其為人天真熱情，以藝術使徒自居」，參見王白淵 (1955)，〈臺灣美術運動史〉。收入《臺北文物》3 卷 4 期，1955 年 3 月，詳見頁 23。

種不同書體之率意穿插，各家筆法之自由搭配，尚未能夠完全達到調和的成熟境地。不過這種不拘泥於傳統成規而且重視自我感覺的放任自然的寫字態度，與其個性頻率接近，且多少也顯現在其畫風當中。東京美校的書法訓練，對其日後書法發展之意義並不明顯；然而多少會激盪他更加體會線條的表現機能，對於他畢業赴上海任教以後，結合華夏美學元素畫風發展，則有相當之助益。

陳澄波　枇杷　紙本設色　33×32.6cm　年代不詳

（二）水墨畫作之分析

目前可見的陳澄波水墨畫資料依時間之先後大致可分成三類：其一是其家屬所保存的1924年於東京美校圖師科一年級所畫的8件寫意水墨習作；其二是1927(昭和2年)6月29日《臺灣日日新報》第四版所刊出的一件他的折枝水墨花卉作品；其三則是1946年陳氏畫於臺南縣東山鄉的水墨山水扇面（目前亦由陳氏家屬收藏），以下依次討論之。

檢視陳澄波就學時東京美校圖師科三個學年之課程，基本上每一學年都有「日本畫」課程而無「南畫」或「水墨畫」。[13] 由於當時東京日本畫的主流是工筆重彩的膠彩畫，因此這批一年級的水墨畫習作，有可能是日本畫課程中穿插的水墨材質的練習作品。這8件一年級水墨習作中有7件屬折枝寫意花卉，另一件則為減筆沒骨山水畫。就7件花卉當中，〈牽牛花〉、〈柿子〉和〈枇杷〉3件比較接近於觀察寫生，但其筆墨表現機能則較未彰顯；相較之下，其他4幅則運用比較流暢的先驗筆墨技巧以及傳統造形符號，縱肆於筆墨表現機能，頗有樣式化之特徵，顯然出自臨稿。後者4幅花卉習作似乎有追求一下筆就分出濃、淡、乾、溼變化的筆墨趣味，非常接近林玉山相近期間在東京川端畫學校入門之初所學習的四條派水墨竹石畫風。至於減筆沒骨山水一作，似乎出於信筆率意塗抹，可能參考現成稿本之構圖而率意發揮而來。基本上這批一年級的水墨習作大多作畫速度極快，而有對於水墨畫材質特性進行嘗試瞭解之意味，其繪製動機似乎不在於正式作品的經營，其畫風除〈枇杷〉一畫較為沉著而略帶民初海上派意趣之外，其餘作品自華人的審美觀中，多屬流暢輕巧而略顯單薄的日本水墨風格。

1927年6月29日《臺灣日日新報》第四版所刊載的陳澄波水墨畫作品，由於上面並未標示畫題，畫面右側僅標註：「博物館個人展，去年以洋畫入選之嘉義陳澄波君，日本會作品」。該版左下角有報導陳澄波個展訊息，並加上「墨瀋餘潤」標題，其中「日本會」應是「日本繪」之誤植。畫面印刷不甚清楚，僅能辨識出描繪由左側斜向右方伸展枝葉的折枝花葉。至於究竟畫的是哪一種花？則並不容易辨別。不過，從構圖和枝葉之造形看來，顯然出於相當嚴謹的現場寫生而且具有正式作品的完成度。雖然畫面看不清楚，但卻可以感受到其墨瀋淋漓的趣味，用筆精準而自然，構圖也具動勢，應該是件相當成熟的水墨寫生作品，當時陳澄波以畢業於圖畫師範本科而正就讀研究科的第一年，此時水墨畫的造詣已邁向其繪畫生涯的高峰期。

---

13. 前揭白根敏昭 (2012):〈陳澄波的日本畫〉。同註9。

　　1946 年畫於東山鄉的山水扇面，是屬於文人畫體系的意造山水，雖屬造境，但是長期習於觀察寫生的陳澄波畫來，仍然合於透視法則。此畫以重墨減筆寫意，筆線拙澀沉穩，頗近於上海吳昌碩一脈的金石派畫風。由於陳澄波上海時期曾任教由吳昌碩弟子王震 (一亭) 所主持的昌明藝專，校內國畫教師則以吳昌碩弟子群為其主幹，極有可能陳澄波在這段時期受到吳氏金石派畫風之感染。雖然這件扇面作品有如信手拈來率意塗抹，然而在不經意中卻展現出得心應手的筆墨功力，正所謂「無意於佳，乃佳」之道理。

　　檢視陳澄波上述三個時期的水墨畫風格，可以發現其間高度的落差之現象。其中前兩期的畫風日本味頗濃，較屬流暢巧秀之趣，在進入東京美校之初，其水墨畫基礎顯然不如其書法之水平；到了研究科一年級時，其水墨畫則有極大幅度之成長，而呈現出明顯優於其書法之情形。到了晚期其水墨又大幅度轉向蒼勁老辣的上海「海上派」金石派畫風。這種戲劇性的轉變，從時空環境的氛圍以及陳氏創作的心路歷程之中，或可找到解釋的理由。

　　晚近學者之研究顯示：陳澄波留日期間正逢日本美術界流行「東洋熱」，也是近代日華文化交往最頻繁、關係最密切的時期。包含當時東京美校校長正木直彥，以及教授美術史的大村西崖，也都強調學習「支那」古代美術的重要性，同時期在學的陳澄波也在這段時間與王逸雲等中國水墨畫家結識交流。其中值得注意的是，受到政治氛圍的影響，當時日本文化界形成了所謂「東洋」，是指「西洋」以外的、以日本為中心的世界，亦即日本帝國嘗試要取代「支那」成為東亞文化的領導者。當時日本流行的看法是：「支那」的文化藝術曾經非常燦爛，可惜已經衰退，所以得待日本努力取代它，創出符合新時代的，能與西洋抗衡的，屬於「東洋」的新藝術。[14] 在如是文化氛圍的感染之下，陳澄波於東京美校前後 5 年的學習期間，其水墨畫朝向流暢巧秀的日本風而發展是可以理解的。

　　檢視其就讀東京美術學校時期的油畫作品，現藏臺北市立美術館的〈夏日街景〉，係畫於 1927 年且入選於第 7 回帝展，畫面上以頗具動感的弧線筆觸畫茂密的樹葉，與傳統國畫[15] 短筆解索皴略有相近的意趣，讓畫面呈現出頗富浪漫精神的個性化特質來。同一年入選第 1 回臺展的〈帝室博物館〉，其樹枝和樹幹的線條表現，更加接近於國畫的筆線，畫樹葉的筆觸也與國畫有些相近。說明了他在這個時期已經有融入國畫表現手法之習慣和想法了。

三、上海任教時期以後之發展

　　1929 年 3 月至 1933 年 6 月間，陳澄波應聘赴上海任教的學校以新華藝專 (原名「私立新華藝術大學」，1930 年元月改名為「新華藝專」) 最為主要，其次則為

---

14. 詳見呂采芷 (羽田ジェシカ，2012)：〈始終於臺灣－試探陳澄波上海期之意義〉，收入《行過江南－陳澄波藝術探索歷程》。臺北市：臺北市立美術館出版，頁 6-31。

15. 國畫為明末以來「中國畫」之簡稱，當時主要是為了有別於西洋畫所作的指稱，晚近為了避免受到傳統之侷限，多以「水墨畫」或「彩墨畫」取代之。

昌明藝專，再次則為藝苑繪畫研究所。[16] 上海從 19 世紀中葉開始，即以大寫意花鳥畫的「海上派」（或謂之「海派」）營造出活潑的畫壇氣象，而有別於北京以正統派山水為主流的「京派」畫風。[17]

（一）文化環境與同儕之感染

陳澄波任教新華藝專時期，擔任教授兼西畫科主任。同事當中，除了有留日的俞寄凡、汪亞塵，留法的汪荻浪（日章）、潘玉良，以及海上派書畫名家潘天壽、諸樂三、諸聞韻、熊松泉（庚昌），中國美術史學者俞劍華……等人，這些不同專長背景的同事，對陳澄波視野之拓展，應該會有相當程度之助益。尤其潘天壽、諸聞韻、諸樂三都是金石派巨匠吳昌碩 (1844-1927) 的得意弟子，目前陳澄波家屬仍保存當年潘天壽所贈的一幅以及諸聞韻所贈送的三幅水墨畫作，顯見彼此交情之深厚。

1930 年 4 月，陳澄波同時又應聘任教於昌明藝專。據陳家所保存之該校 1930 年編印的《昌明藝術學校（暫行）章程》所註記，主要以「發揚中華文化，培養專門藝術人才，造就實施藝術教育師資，促進社會美育」[18] 為宗旨。該校設有國畫系、西畫系、藝術教育系（含國畫、西畫、手工、音樂等組），由海上派書畫名家王震（一亭）擔任校長，教務長為諸聞韻，國畫系主任是王賢（个簃），前述三人皆為吳昌碩 (1844-1927) 之弟子，副校長兼總務主任吳邁（東邁）則為吳昌碩三子，顯示出該校校務體系與吳昌碩之淵源極深。此外西畫系主任為汪荻浪（日章），藝教系國畫組主任為潘天壽，西畫組主任則為陳澄波。值得注意的是，該校自教務長以下主管及師資，幾乎都在鄰近他校有專任教職，尤其以新華藝專和上海美專佔大多數，甚至新華藝專的俞寄凡校長也在該校擔任美學和美術史課程，在昌明藝專裡面，也似乎是專任教職。顯見該校行政體制方面較欠嚴謹。基於如是之故，我們才能理解陳澄波在上海時期能同時兼任不同兩校主任之特殊情形。

當年昌明藝專國畫系主任王賢，也贈送陳澄波兩幅金石派水墨畫作，目前仍由陳氏家屬收藏，顯見兩人交情之深。由於昌明藝專在書畫藝術方面師資陣容極強，尤其以吳昌碩體系的金石派書畫家為主幹，加以其宗旨開頭即揭示「發揚中華文化」，對於陳澄波華夏美學意識感染和深化，以及金石派筆線素養之形成，自應不無影響。據 1931 年 7 月 2 日《申報》列載：昌明藝專辦了一年半，因未奉教育局核准，經校董會決宣停辦。因此陳澄波任教於該校，前後大約只有一年半左右。

藝苑繪畫研究所創設於 1928 年 10 月，簡稱「藝苑」，係介於美術補習學校與美術社團之間，由王濟遠、張辰伯、江小鶼等人發起創辦，由王濟遠主持。其成員頗多國畫家，然而其附設具社會美術教育功能的「藝苑繪畫研究所」，則僅純粹指導西畫。雖有留日背景的關良、倪貽德等人指導，然由於王濟遠與陳澄波交情匪

---

16. 有關上海新華藝專、昌明藝專以及藝苑繪畫研究所之詳細介紹，詳見黃冬富 (2012.1)。〈陳澄波畫風中的華夏美學意識—上海任教時期的發展契機〉。收入《臺灣美術》87 期，頁 4-13。

17. 參見劉芳如 (1995)。《近代中國畫論選》。臺北市：國立歷史博物館。頁 13-60。

18. 王震題簽 (1930)。《昌明藝術專科學校章程》，頁 6。

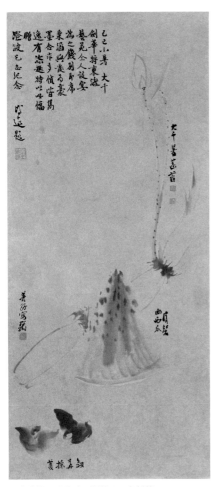

五人合筆　張大千、張善孖、俞劍華、
楊清磬、王濟遠　紙本設色
81×36cm　1929

淺，故陳氏亦應邀擔任指導教授。陳氏返台不久後，由於局勢不穩定以及經費之困難，翌年 (1934) 年藝苑繪畫研究所也因之停辦。

藝苑之成員幾乎涵蓋了江浙一帶大多數的名畫家，如書畫名家黃賓虹、張大千、王震、陳樹人、吳湖帆、潘天授、蔣兆和、朱屺瞻……，西畫名家李毅士、顏文樑、王遠勃、潘玉良、徐悲鴻 (中、西兼長)……等。曾舉辦過兩次大規模的會員作品聯展，也編輯出版過兩期的《藝苑》雜誌。1929 年 9 月創刊的第一輯，主要選輯第一屆全國美術作品 32 幅；1931 年 8 月出刊的第二輯，係配合會員聯展的展品介紹而出刊，同時也介紹 72 位展出畫家略歷，[19] 其中也包含了 1929 年與陳澄波共同赴日考察之所有成員。目前陳氏家屬保存一件 1929 年夏天由張大千等幾位藝苑成員合作繪贈予陳澄波的水墨蔬果條幅，畫中由張大千著荷花 (菡萏)，張善孖寫藕，俞劍華畫菱角，湯清磬畫西瓜，並由王濟遠題字，款識如下 (標點符號為筆者所加)：

> 己巳小暑，大千、劍華將東渡，藝苑仝 (同) 人設宴為之餞別，乘酒興發為豪墨，合作多幀，皆雋逸有深趣，特以此幅贈　澄波兄紀念　濟遠題。

透過藝苑成員之雅集、即席推毫等活動，陳氏因而與中國書畫有更為直接的接觸，藝苑主持人王濟遠不但讓他與書畫家有更廣和更深的接觸面，甚至也贈送書畫出版品等參考資料，如現藏嘉義市文化局有一套王濟遠親筆題贈予陳氏的上海美專馬孟容教授工筆花鳥畫片即其一例。這類聚會酬酢間乘興即席揮毫合作畫之活動，在海上派畫家之間應屬常態。與不少金石派畫家頗有交情的陳澄波，在上海 4 年多之間，應該有相當多的機會看到他們即席揮毫之情形。因此，雖然目前尚未發現他上海時期的水墨畫習作，不過，長時期經常看到金石派畫家即席揮毫之作畫情形，加上平時一向對中華文化藝術的關注所致。因而 1946 年陳澄波在東山鄉，興致來潮，憑當年觀摩印象突然畫出一件金石派畫風的簡逸水墨山水扇面，其原委也並非無跡可循。此外，據林玉山回憶：

> …陳 (澄波) 先生每年放暑假必定 (從上海) 返台一次，我們最盼望的就是要等著看他在大陸各名勝古蹟寫生之風景畫，及中國近代名家之畫集，…。

> 陳先生帶回來的中國近代、現代畫家之畫集，大部分是以上海為中心，如任伯年、胡公壽、吳昌碩、王一亭 (震)、張大千、劉海粟、潘天壽 (授)、王濟遠、林風眠、徐悲鴻、謝公展等，就中有古派又有新派之國畫。新派者如劉海粟、王濟遠、林風眠、徐悲鴻等，於傳統畫風之中均融有西畫之長處，當時我對他們的作品感覺很新鮮。[20]

19. 藝苑研究所 (1931)。《藝苑第二輯 (美術展覽會專號)》。上海：上海文華美術圖書印刷，頁 72-76。

20. 林玉山 (1979)：〈與陳澄波先生交遊之回憶〉。收入《雄獅美術》106 期，頁 60-68。引自頁 64-65。

林氏這段描述，說明了陳氏在上海時期，的確有刻意蒐集以上海為中心的近代書畫名家畫集和相關資料，以提供臺灣的故鄉畫友參考。此外，從他上海時期以後繪畫理念和畫風之發展，甚至於嘗試畫水墨畫之作為看來，顯示他在上海時期，的確也對中國水墨畫下功夫鑽研過。

（二）對華夏藝術傳統的信心進而跨文化融合思維

　　第一屆全國美展，從目前所見之資料，已看不到完整的評審員名單以及獲獎名單，展出作品中國畫有 1231 件，西畫有 354 件，不但數量頗為懸殊，西畫作品也受到當時藝界不少的批評。陳澄波當時寫給故鄉畫友林玉山的信中提到他個人不同的看法：

> 繪畫方面一般入選者，國畫被西畫所壓制，而參考部（古畫及近代名家遺作）的國畫卻相反，勝過于（於）日本搬來的現代名油繪（包括岡田三郎助、藤島武二及梅原龍三郎等人作品）哩。看這情形中國國畫不是無出路，我們還要認真用功呵（啊），大大來喚起我東亞的藝術前途，對於美術的理想和實際的工作，須（需）要拼命用功來研究，必須堅固基礎和穩健的研究目標，才能達到理想的目的。[21]

　　陳氏的這段話，一方面顯示對於第一屆全國美展參展的國畫作品的品質不甚滿意，然而另方面則對參考部的古代名畫則予以極高度肯定，甚至在他心目中，這些中國古畫名作比起帝展西畫部審查員岡田三郎助等人的作品更為精采。這種說法顯現出他對於中國古畫的仰慕和關注，甚至也透露出對於中華源遠流長的文化之信心。

　　值得一提的是，日本洋畫巨匠梅原龍三郎於第一屆全國美展期間也親赴上海出席開幕，與陳氏頗有互動。雖然梅原氏並未正式教過陳澄波，但其融合日本畫、水墨畫以及野獸派風格，造形簡逸而妙用變形，色彩強明而富於裝飾性，線條筆觸靈活而富於表現機能，頗有與國畫相近之意趣。也與陳澄波所追求的漢文化特質相當接近。其後陳氏常向梅原氏請益，也常相互以書信聯繫。梅原氏的觀念引導，對於上海時期以後陳氏畫風之趨向成熟，應有相當之啟發作用。

　　就目前可以見到的陳澄波有關繪畫理念之見解，最早大概見於 1993 年秋天，陳氏剛從上海返台定居之際，接受《台灣新民報》記者採訪時，曾提到如是之理念：

> 再談繪畫的傾向。我們使用的材料雖然是舶來品，但是畫材（題材）或謂完成的作品必然是東洋的，即使東洋文化的中心在莫斯科，我們還是應盡一己微薄之力為東洋文化而努力。縱然為貫徹此目的而半途逝世，也要讓後代子子孫孫將此意志傳承下去。[22]

　　這段話有別於當時台灣西畫界多視法國為世界藝術的中心之觀點。蓋因日治時期的台灣畫壇一向以日本內地馬首是瞻；至於日本西畫界自明治以降又受法國的影響極大，日治時期活躍於日本畫壇的西畫家，幾乎多以法國畫壇為取法對象。因此，法國自然成為當時台灣西畫家心目中的世界藝術中心。不過，陳氏顯然不認為應該盲目的

---

21. 同上註，頁 65。

22.〈畫室巡禮—畫裸婦〉，原載《台灣新民報》，1933 年秋，轉引自顏娟英 (1992)，頁 44。

李嘉祐詩句　陳紫薇
紙本水墨
108 × 32cm　1936
私人收藏

春風秋月　陳碧女
紙本水墨
120 × 47cm　1936
私人收藏

川流不息　陳重光
紙本水墨
121.4 × 34cm
1936

追逐西方畫壇，他所說的「東洋」，指的並非狹義的「日本」，而是包含日本在內的整個東亞地區而言。[23] 他所謂「即使東洋文化的中心在莫斯科」，只是一種假設性的比喻，未必真的認為莫斯科為東洋文化的中心。其重點是在強調自己文化母胎層的東西，縱使不是最精緻、先進的，仍然值得掌握和發揮。

身處日治時期台灣，面對著媒體的訪問，陳氏的上述說法還多少有些保留，如果對照前述他寫信給林玉山談論上海第一屆全國美展之看法時，則不難理解其心目中所嚮往的，顯然是源遠流長的華夏文化傳統。這種對於華夏文化的仰慕和重視，同樣也顯現在他對子女的教育方面。除了自幼年以來培養子女們的漢學基礎之外，更安排他們少年時期追隨嘉義地區漢學前輩，同時也是鴉社書畫會成員蘇友讓 (1879-1941) 學習書法。據 1936 年 9 月 24 日《台灣日日新報》登載：

台灣書道協會主辦，第一回全國書道展於教育會館，陳澄波子女紫薇（長女，及長成為前輩雕塑名家蒲添生夫人）、碧女（次女）、重光（長男）均以楷書入選。[24]

從當時這則報導，已然可以看出陳氏子女在書法方面所下功夫之深以及成果之顯著。1934 年秋天，陳氏在返台第二年再度接受媒體採訪時，他直接地表示：

我因一直住在上海的關係，對中國畫多少有些研究。其中特別喜歡倪雲林與八大山人兩位的作品，倪雲林運用線描使整個畫面生動，八大山人則不用線描，而是表現偉大的擦筆技巧。我近年的作品便受這兩人的影響而發生大變化。我在畫面所要表現的，便是線條的動態，並且以擦筆使整個畫面活潑起來，或者是說，言語無法傳達的，某種神秘力滲透入畫面吧，這便是我作畫用心處。我們是東洋人不可以生吞活剝地接受西洋人的畫風。

自從去年以來，一條條的線條在畫面構圖上扮演了重要的角色，但以我的個性或描寫法而言，此方法效果弱，所以我最近覺得，隱藏線條於擦筆之間來描繪恐怕最好，然而從今以後便是以我曾嘗試的方針，配合雷諾線性的動感，梵谷的擦筆及筆勢運用方法，加上東方較濃厚的色彩，別無其他。[25]

---

23. 參見谷信一、野間清六 (1967，三版)：《美術鑑定事典》，日本：東京堂。

24. 顏娟英 (1998)：《台灣近代美術大事年表》，台北：雄獅圖書。頁 158。

25. 陳澄波 (1934)：〈隱藏線條的擦筆 (Touch) 畫─以帝展為目標〉，原載 1934 年秋天《台灣新民報》。轉引自顏娟英 (1992)：〈勇者的畫像─陳澄波〉，同註 2，頁 44。

這是他首度在台灣正式公開承認自己所受中國繪畫線條表現機能以及具書法性擦筆技巧之影響，也補充說明了一年前他所說「東洋的氣氛」、「東洋人的性格表現」之意旨。倪雲林簡靜空靈以及八大山人的簡逸靈動，都是中國文人畫傳統裡頭性格鮮明的特殊畫風，其尚意輕形以及強明的個人風格，與長久以來陳氏深切認同西方表現性較強的梵谷、雷諾瓦等人，也有相近的意趣。他特別提到的雷諾瓦，正是他所仰慕的梅原龍三郎的老師，特別強調他，

陳澄波　西湖（一）1933　油彩、畫布　37.5×45cm

可能多少基於愛屋及烏之情感所致。翌 (1935) 年，他再度發表內容頗為相近而文字更加簡練之說明，以闡述其創作觀念。其中他進一步形容八大山人「表現塊面的筆觸，技巧偉大」，也說明自己「並非有意排斥西洋，但東洋人也不必生吞活剝地接受西洋風吧！」[26] 顯然，他強調學習之後的消融內化之功夫，也就是將學習到的東、西方繪畫傳統完全消化而轉換成為自我的創作元素和創作能量。

（三）筆觸與線條發展之觀察

陳澄波畫風中的華夏文化底蘊之展現，雖然在留日時期已開始萌芽，但是到了上海任教以後，方始更加具體而深刻。其後不久，藝評界也開始有人發現他畫中的這種特質。他到上海的第二年 (1930)，《臺灣日日新報》所載 N 生記的藝評〈第四回臺展參觀後記〉中特別提到：

> 陳澄波〈蘇州的虎丘山〉是非常有趣的試作。落葉已盡的古寺樹林，好像刮著乾風般，灰色的天空中匆忙地歸巢的烏鴉，令人不禁懷想起蘇州。陳澄波此作表現出中國水墨畫的意境。相對於其他畫作都傾向於西洋風格的油畫，陳氏的嘗試與努力值得注目。[27]

檢視陳氏任教上海時期之畫作，最具代表性者，應數 1929 年取景於杭州西湖的《清流》（又名〈西湖斷橋殘雪〉），陳氏這件作品採用略近於元代山水畫「一河兩岸」之構圖方式。畫面焦點旨在中遠景的「斷橋殘雪」之勝境。陳氏上海時期很喜歡畫西湖，在取景時他常常將有名的「西湖斷橋」納入畫中。此畫線條以中鋒為主，線條表現機能格外彰顯。已然將倪雲林和八大山人的傳統書畫符號技法，提煉成為其油畫風格相融之元素而消融於畫中，色彩之彩度降低，並略帶水墨畫之透明感，以及宛如文人畫色彩中習慣調入少許墨以降低火氣般之低彩度。顯得清潤雅致，簡靜而空靈，有元畫之意境。但不同於倪雲林和八大山人的孤冷空寂，他仍一貫擅用點景人物來增加畫面的生活感。

---

26. 陳澄波 (1935)：〈製作隨感〉。原載《台灣文藝》，1935 年 7 月。引自顏娟英 (2001)：風景心境：臺灣近代美術文獻導讀 (上冊)。臺北市：雄獅圖書出版社。頁 161。

27. 載於 1930 年 11 月 3 日的《臺灣日日新報》6 版。轉引自顏娟英 (2001)。《風景心境－台灣近代美術文獻導讀 (上冊)》。頁 202。

陳澄波　太湖別墅　1929　油彩、畫布
91.5×117cm

陳澄波　普陀山海水浴場　1930　油彩、畫布
61×73cm

陳澄波　上海碼頭（渡口）　年代不詳　油彩、
畫布　37×45.5cm

陳澄波　法國公園　1933　油彩、畫布
52×64.5cm

陳澄波　阿里山　年代不詳　紙本、油彩
24×27cm

陳澄波　展望諸羅城　1934　油彩、畫布
73×91cm

　　1930 年陳氏進一步特寫西湖斷橋，畫題以〈橋〉為名，寫生位置向左挪移之外，也將斷橋拉近特寫，這件作品似乎比起〈清流〉用了更多的黑色，不過黑色與其他色彩自然交融，頗有水墨畫的墨韻趣味，搭配著如同國畫般的彈性筆線，湖光山色，山嵐交映，頗富詩意，很像一幅水墨畫。如同〈清流〉一樣，其點景人物雖不搶眼，看似不經意隨手點綴，不過卻與畫境呼應得非常自然，相輔相成，頗有畫龍點睛之效果。

　　〈太湖別墅〉畫於 1929 年，屬 50 號的大畫。雖然與〈清流〉畫於同一年，但是畫面的厚實強明的感覺大有別於清流的簡靜優雅。此畫筆觸之強烈大膽略近於梵谷，但是筆法上則接近於國畫。尤其中景岩石帶有斧劈皴、折帶皴、馬牙皴之意味，近岸草木畫法也類如水墨筆法，湖面點景之船和漁夫，也是國畫筆法。其坡腳銜接水面的開合佈局，也近於國畫。因此畫面筆觸雖強，卻仍較趨靜態不像梵谷畫作中強烈的騷動氣氛。陳氏作畫立意取景，很容易讓人想到北宋郭熙《林泉高致》集所說，跨越「可行」、「可望」，而取其「可居」、「可遊」之佳景。

　　1930 年所畫的〈普陀山海水浴場〉，陳氏運用靈動而寫意的筆調，筆觸連勾帶皴，也是接近於國畫的筆法，海水更是善用解索皴法，奔放而輕快，將艷陽高照、海風吹拂的海邊戲水景象表現得相當傳神。

　　任教上海後期，陳氏對於國畫筆線與梵谷、雷諾瓦筆觸和畫風特質之融合更趨得心應手。如 1932 年的〈上海碼頭〉，1933 年的〈法國公園〉……等，〈上海碼頭〉宛如活用墨塊表現的小寫意水墨畫一般，帶有相當渾潤的墨韻感；〈法國公園〉則以油畫家少見的直接用線條建構畫面，尤其花架和爬藤，採用富有彈性的中鋒用筆之黑色線條描繪，極具線條表現機能，是名符其實之「線條的雄辯」。中遠景的筆觸也自在而調和。這兩件畫作，相較於其以往，顯得用筆更趨奔放，色彩之彩度降低，黑色之運用也更趨大膽，畫面顯得較為暗沉。或許受到一二八事變之後，上海氛圍之緊張不安感染心境所致。

陳澄波　太魯閣　油彩、畫布　20F　　　　陳澄波　雲海　1935　木板、油彩　24×33cm

　　目前陳氏家屬保存一張年代未詳的陳澄波所畫〈阿里山〉紙本油彩速寫小畫，該畫直接用油畫顏料以簡逸的線條和擦筆快速繪寫，作品的完成度很低，但卻逸筆草草的融入一些水墨畫的筆線趣味，毫不矯飾，顯然是一件瞬間完成的彩色速寫草圖。雖然並非正式畫作，不過卻與 1946 年陳氏於東山鄉所畫的水墨山水紙傘的畫法之間，有某些微妙的關聯。因此，筆者認為這件〈阿里山〉紙本油彩速寫小畫，可能是他從上海回臺以後所繪，而且具體說明了他有可能直接以油彩來嘗試內化水墨畫的筆線趣味於畫中。

　　自上海返臺定居以後，陳氏之畫作更趨奔放，對於他所吸收的東、西方繪畫元素已然完全消融內化，更趨得心應手。基本上，他所說「隱藏線條於擦筆之間」的描繪手法，以林木和山川的處理發揮得比較徹底，造成畫面上厚實而靈動的肌理效果；至於建築物部分，則以色面為底，然而在表層往往也會酌施此一手法以統整畫面效果，形成他個人獨特的畫風特質。正如他自己所說的「任純真的感受運筆而行」，也符合於文人畫「自然·天真」的精神，1934 年的〈展望諸羅城〉以及未詳年代的〈太魯閣〉都是相當開朗而自信之畫作。1935 年的〈雲海〉，簡直就像主觀的簡逸水墨寫生山水畫作一樣；1945 年的〈懷古〉、1947 年的〈玉山積雪〉，更表現敦厚老辣的拙趣以及荒寒不安的神秘氣氛，同時也彰顯中華傳統繪畫所追求的「滄桑感」之畫境……，都是極具個性而且消融中西元素並結合臺灣本土特質而自然內化之精品。

結語

　　一向為人天真、熱情，熱愛和文化，在藝術方面常堅持個人見解的陳澄波。是日治時期臺灣畫家當中少數擁有臺、日、中豐富畫歷的西畫家。其幼成長、學習於漢文化氛圍極濃的家庭環境以及社區環境當中，在書法和水墨畫方面也曾下過功夫，對於和文化一直有認同感和信心；其西畫基礎主要奠定於日本東京美術學校圖畫師範科和研究科的前後五年的專業美術訓練，而且本科期間已入選帝展而且很快地發展出彰顯筆觸甚至線條鮮明的個人畫風辨識度。畢業之後遠赴上海擔任美術專門學校教職，固然是因緣際會，實際上也是緣其追溯漢文化上源的理想環境。

　　上海任教的四年又三個多月期間，無疑是他直接接觸進而內化華人書畫傳統的關鍵期，雖然這段期間，他與海上派書畫家過從甚密，而且也常親見他們當眾揮毫；不過從現存之畫作顯示，他主要直接將水墨畫的線條、筆觸以及畫境直接內化於其油畫作品中，而不是勤作水墨畫。此外，值得注意的是，由於視野之拓展，讓他得以進而將臺、日、中以及西方雷諾瓦、梵谷等畫風，進行跨文化的內化融合，而在返臺以後達到更為收放自如的境地，然而基本上主要以華夏文化底蘊為畫作之內涵主軸，建構成為其個人畫風的鮮明特質。

＊本文引用之陳澄波作品圖像提供單位為「財團法人陳澄波文化基金會」。

陳澄波的文人畫觀

邱琳婷

文化部重建臺灣藝術史計畫專案辦公室執行秘書

一、前言

作為洋畫家的陳澄波曾經說過：

> 我因在上海居住期間，獲得研究中國畫的機會。中國畫中有各種好作品，其中我最欣賞的是倪雲林、八大山人的作品。前者運用線描，畫面生動；反之，後者則表現塊面的筆觸，技巧偉大。我近年的作品大致受到這兩位的影響。……將雷諾瓦線條的動態，梵谷的筆觸及筆法的運用方式消化之後，以東洋的色彩與東洋的感受來畫出東洋畫風，豈不是很好嗎？[1]

　　為什麼以油彩為創作媒介的陳澄波，會將中國古代的文人畫家與西方現代的畫家相提並論？又為什麼要提到「東洋畫風」？此外，我們可以發現，陳澄波在上述的一段話中，「中國文人」(倪瓚、朱耷)、「西方現代畫家」(雷諾瓦、梵谷)與「東洋畫風」等概念，彼此之間，似乎存在著某種特別的牽引與張力。這樣的想法，是陳澄波的神來一筆？還是受到當時畫壇的啟發？又留學日本的陳澄波，在比較的天平一端，為何選擇中國文人畫家而不是日本南畫家？1920年代的日本畫壇，與中國畫壇的互動十分頻繁，如此的現象，是否也對陳澄波的繪畫觀產生影響？而陳澄波的繪畫觀，是否也在其日後的畫作中被實踐？為了追索這些問題的根源，本文將重新回顧陳澄波赴日留學前，日本畫壇對於東西繪畫的見解，以及陳澄波在日本時期與上海時期，如何受到當時兩地畫壇的影響，進而啟迪他的文人畫觀與藝術實踐。

二、大正時期（1912──1926）的日本南畫與文人畫的復興

1.「南畫」的再思考

　　1911年，藤島武二在〈洋畫家的日本畫觀〉一文中，即已從心理學的角度指出，西方畫家高更、塞尚、梵谷與日本南畫家池大雅、與謝蕪村、曾我蕭白，所顯現出

1. 陳澄波，〈製作隨感〉，《台灣文藝》1935.7；收錄於顏娟英編，《風景心境─台灣近代美術文獻導讀 (上冊)》(台北：雄獅美術出版社，2001)，頁161。

的共通性。[2]此種將日本畫家與西方畫家相比擬的看法，並非是要「挾西方以自重」；相反地，日本學者認為，西方近代繪畫對於主觀及表現性的重視，乃是受到東洋主義的刺激。[3]

其次，當時日本作家的論述流行以二元對立的概念，看待「西洋美術」與「東洋美術」。並認為西洋美術以「寫實」為主，東洋美術則以「象徵」為主。梅澤精一在提及「南宗」的新解與相關問題時，也以二元對立的想法，思考「南宗畫」與「北宗畫」的區分。他提到，幽人逸士筆下的南方山水，具有溫潤的特質，如同女性般地優美陰柔；相反地，院體行家筆下的北方山水，則具有奇峭的特質，如同男性般地充滿王者的霸氣。因此，南宗畫是「理想的」(Idealistic)，北宗畫是「寫實的」(Realistic)。[4]

再者，有關「南畫」究竟屬於「日本」還是「中國」的爭議，梅澤精一認為，日本是世界五大強國之一，因此扮演著東洋文明指導者與保護者的角色。所以，應捨棄偏狹的日本主義，而以南畫的筆致，表現出東洋人的趣味及景物；梅澤精一接著指出，若能不拘泥在南宗畫的小天地裡，而以新的自由畫風，表現出「清韻」的特質，或許可為「南畫」找到一個新的出路。[5]

的確，二十世紀初期，如何看待東西繪畫的關係，日本作家展開較為積極的論述。此現象，不僅可從當時的「西學」乃是透過日本而轉進中國的實際情形，得到應證；另一方面，近代對於中國文人畫的重新肯定，也與大正時期對於南畫的再評價有關。而陳師曾〈文人畫的價值〉一文，受到日人大村西崖〈文人畫的復興〉啟發，即是一個最佳的例子。

2.「文人畫」的復興

日本學者一般認為，「南畫」與「文人畫」是異名同物，兩者名稱所強調的內容雖略有差異，但卻皆與漢學關係密切。兩者之間的差異為「南畫」一詞，偏重繪畫的樣式，而「文人畫」一詞，則強調表現出人格的精神層面。[6]

大村西崖，1902年至1927年在陳澄波所就讀的東京美術學校任教，專長為中國美術史和東洋美術史學。[7]期間並出版了《東洋美術大觀》、《支那繪畫小史》、《日本繪畫小史》、《支那美術史・雕塑篇》等書。在對東洋美術和中國美術進行全面地整理後，大村西崖以「文人畫」為題所寫的〈文人畫的復興〉一文，明顯地從「精神層面」而非「樣式技法」，重新評價東方藝術的價值。

---

2. 藤島武二，〈洋画家の日本画観〉，《美術新報》10卷11期（1911.9）。

3. 瀧精一，〈日本美術の特性〉，原載於《國華》434號（昭和2〔1927〕），收錄於《瀧拙庵美術論集：日本篇》（東京：座右寶刊行會，昭和18〔1943〕），頁5-6。

4. 梅澤精一，《日本南畫史》（東京：南陽堂，大正8[1919]），頁1009。

5. 梅澤精一，《日本南畫史》（東京：南陽堂，大正8[1919]），頁1011。

6. 瀧精一，〈日本美術の特性〉，原載於《國華》434號（昭和2〔1927〕），收錄於《瀧拙庵美術論集：日本篇》(東京：座右寶刊行會，昭和18[1943])，頁5-6。

7. 劉曉路，〈大村西崖和陳師曾─近代為文人畫復興的兩個異國苦鬥者〉，《故宮學術季刊》第15卷第3期，頁118。

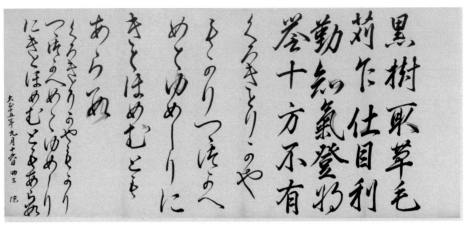

圖1　陳澄波，大伴家持・萬葉集卷 4-780，1926　紙本水墨　29.1 × 64.9cm

圖2　陳澄波，蘇軾・前赤
　　　壁賦（局部）1926
　　　紙本水墨
　　　128.8 × 29.5cm

　　　大村西崖此文中，指出日本雖在費諾羅沙（Ernest Francesco Fenollosa, 1853-1908）的提倡下，重新看重東亞的美術，但卻也毫不留情地指出費氏的眼識有限，故「全不能領會文人畫之雅致，因此畫運振興，文人畫毫不包含在內。」[8] 再者，大村西崖有感於當時不論是日本或來自中國與韓國的青年學子，因「未解東亞繪畫之真趣」而對於洋畫的喜好遠甚於日本畫之偏見；為了強調文人畫的重要性，大村西崖於是從謝赫的「氣韻生動」切入，闡釋文人畫對當時洋畫如印象派、表現派等的影響，[9] 藉以說明文人畫高於西方現代藝術的地位。大村西崖進一步地指出，文人畫的可貴在於以「氣韻」為主。他說「氣韻」即作者感想之韻，而「生動」即個想之發露。[10] 該文中，大村西崖也梳理了中國及日本的文人畫系譜。

　　　陳師曾的〈文人畫之價值〉，可視為是大村西崖〈文人畫之復興〉的濃縮版。然而，值得注意的是，相較於大村西崖將日本畫家納入文人畫系譜的作法，陳師曾該文則只以中國的文人畫家為例。若再考量陳師曾將大村西崖的文章與自己的文章集結成書，並冠以《中國文人畫之研究》一名可知，陳師曾雖接受大村西崖對文人畫闡釋的啟發，但卻明顯強調東洋（東亞）畫的核心是來自中國的文人畫。此種東洋視角由「日本」到「中國」的轉向，也影響了陳澄波對於「東洋美術」的論述。因此，我們可以看到，陳澄波以中國文人畫家如倪瓚和朱耷，而非日本南畫家如池大雅和與謝蕪村，來對比西洋現代畫家如雷諾瓦和梵谷的作法，即是此種視角轉向的最佳明證。

三 . 日本時期（1924-1929）的學習與世界美術的浸潤

　　　陳澄波在日本時期，可說是盡其所能地學習與吸收「東洋美術」與「世界美術」。其學習的管道除了東京美術學校的原訂課程之外，他也積極地參觀與收集校外美術展覽會的資訊。

8. 大村西崖述，陳衡恪譯，〈文人畫之復興〉，《中國文人畫之研究》（浙江人民美術出版社，2017），頁18。

9. 大村西崖述，陳衡恪譯，〈文人畫之復興〉，《中國文人畫之研究》（浙江人民美術出版社，2017），頁32。

10. 大村西崖述，陳衡恪譯，〈文人畫之復興〉，《中國文人畫之研究》（浙江人民美術出版社，2017），頁31。

11. 感謝日本京都國立博物館學藝部美術室主任研究員吳孟晉先生告知此卷資訊。

圖3　陳澄波，牽牛花，1924-25　紙本水墨　　　　　圖4　陳澄波，漁村，1924-25　紙本水墨　32×33.5cm
　　　33.5×31.5cm

圖5　狩野晴川外門下各人　高野大師行狀圖（模本）江戶時代　東京國立博物館藏

圖6　天竺聖人飛來入懷中　年代不詳（有陳澄波朱文印）紙本膠彩　27×133cm　財團法人陳澄波文化基金會藏

1. 校內的習作：「東洋美術」的奠基

　　陳澄波於 1924 年考入日本東京美術學校的圖畫師範科，1927 年又入研究科繼續學習。由於就讀圖畫師範科之故，就讀期間，陳澄波分別留下書法、膠彩畫、油畫等不同媒材的習作。其中的書法習作，內容有來自日本的《萬葉集》（圖1）、《論語》、《前赤壁賦》（圖2）等，水墨畫則有簡筆的花卉（圖3）與山水（圖4）。膠彩畫除了花卉與人物之外，尚有一卷年代不詳、有著陳澄波朱文鈐印，可能是陳澄波仿自《高野大師行狀圖》(圖5)[11]的《天竺聖人飛來入懷中》（圖6）的膠彩畫。

　　從這些校內的習作可知，書法習作包括了日本文學與中國文學和經籍；繪畫方面則包括了水墨畫與膠彩畫。至於題材的選擇方面，也具有深意。如陳澄波《天竺聖人飛來入懷中》一作，即可能仿自高野地藏院所藏的《高野大師行狀圖》之「誕生事」一段。高野大師行狀圖是紀錄日本弘法大師空海 (774-835) 一生行誼的事蹟，身為遣唐僧的空海曾赴長安學習佛法，返回日本後創立了真言宗，而他本身亦擅長書法。

　　1934 年適逢空海千年冥誕，東京帝室博物館因此舉辦「弘法大師關係資料展覽會」，展出與大師相關的繪卷、文書、肖像畫、佛畫、法具等；當時亦展出由高野地藏院所藏且被列為國寶的《高野大師行狀圖》(紙本著色) 六卷中的二

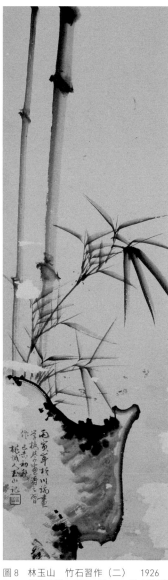

圖7　林玉山　竹林與水牛　1926　　　圖8　林玉山　竹石習作（二）　1926　　　圖9　林玉山　紫藤　1926
紙本水墨　133×38.5cm　　　　　　紙本水墨　98.5×31cm　私人收藏　　　　紙本設色　123.4×30.8cm
　　　　　　　　　　　　　　　　　　　　　　　　　　　　　　　　　　　　　　　中央研究院臺灣史研究所典藏

卷。[12] 此作的模本，則可見於東京國立博物館。目前雖無法確知，陳澄波是在看到
1934 年展出的真蹟 (相關出版品？) 或是看到該卷的模本後，而繪製了《天竺聖人
飛來入懷中》。但從日本膠彩畫與中國唐代青綠繪畫的淵源，及此卷主角空海的中
國經歷與擅長書法等因素可知，陳澄波對於「東洋美術」的認知，乃是交錯著中國
與日本因素。

　　此外，若比較陳澄波與林玉山此時的水墨畫作可以發現，林玉山的水墨畫作如
《竹林與水牛》（圖7）、《竹石習作》（圖8）、《紫藤》（圖9）等作，重視竹林、
水牛、竹、石、紫藤等物形象的清晰性。相較之下，陳澄波的水墨畫作，則強調水
墨本身具有的視覺變化效果。陳澄波對於不同媒材所造成視覺性的興趣，似乎更高
於描繪對象本身的寫實性。而這個特點，不僅反映在陳澄波的油畫作品中，也是陳
澄波日後親近講究「個性」的文人畫之契機。

12. 參「內外彙報：弘法大師關係資料展覽會」，《美術研究》第二十八號（1934.4），頁24。

2. 校外的展覽：「世界美術史」的建構

陳澄波透過積極參觀及收藏各類官展、公募及畫會展、海內外交流展、收藏及遺作展等展覽，[13] 掌握世界美術的發展及現況。其收藏的明信片包括了帝展、文部省美術展覽會、聖德太子奉讚美術展覽會、二科美術展覽會、日本美術院展覽會、槐樹社展覽會、光風會展覽會、大阪市美術協會展覽會、春陽會展覽會、本鄉繪畫展覽會、國畫創作協會展覽會、新制作派協會展覽會、全國美術展覽會、台灣美術展覽會、「佛蘭西(法國)現代美術展覽會」、「獨逸(德國)現代美術展覽會」、「新俄羅斯展覽會」等現代藝術的展覽。此外，也包括了古代文物、佛教、水產動物、工藝品、廣告等類別。

由此可知，陳澄波收藏的明信片，其時間與空間的廣度，或可建構出一個屬於他自己的「世界美術史」框架。在這個框架中，除了上述所列的展覽會之展品外，尚有埃及的木乃伊及壁畫、羅馬壁畫、希臘雙耳瓶、中國佛教石窟、日本工藝品、西方文藝復興以來的藝術作品等。當然，其中數量最多且啟發陳澄波較深的部分，乃是十九世紀至二十世紀的西方藝術流派。其中大量可見羅丹、梵谷、塞尚等人的作品，其強調「表現性」的特徵，亦對陳澄波思考東西繪畫的交融，產生關鍵的影響。

四．上海時期（1929-1933）的文人交遊與畫風的轉換

陳澄波在上海的經歷，開啟了其繪畫生涯中的關鍵轉換。雖然，他仍以西畫的專長，在上海執教，但與當地文人畫家的交遊及互動，也開啟他思考東西繪畫的新視角。這個新視角即是從「日本的東洋」轉向「中國的東洋」。[14]

早在 1922 年陳師曾將自己的文章與大村西崖之文合併為《中國文人畫之研究》，該書確認了「文人畫」與中國的緊密關係。因為，不同於日本作家以日本為東洋核心的思考，中國作家追索日本畫的源頭並指出「日本畫完全出于中國畫」，[15] 故提出以中國為核心的「東洋」說法。1929 年從日本東京來到中國上海任教的陳澄波，亦受到此種轉向的啟發。

1. 上海交遊圈與文人畫觀的形成

1929 年初到上海的陳澄波，積極地參與當年在上海舉辦的第一屆「中華民國全國美術展覽會」(簡稱「國展」)。當時為該展刊物撰文的徐志摩，將「國展」視為「國史美術史」的看法，反映出 1929 年在上海舉行的「國展」，具有發揮中華傳統文化的重要使命。[16] 當時展出作品的徵集，有自行參展及邀請參展，類型亦涵

---

13. 相關的明信片，詳參財團法人陳澄波文化基金會、中央研究院臺灣史研究所發行，《陳澄波全集》第八卷．收藏（I），藝術家出版社，2014。

14. 有關二十世紀初，中國畫壇與日本的關係，可參 Aida Yuen Wong, *Parting the Mists: Discovering Japan and the Rise of National-Style Painting in Modern China* (University of Hawaii Press, 2006); Kuo-Sheng Lai, *Learning New Painting From Japan and Maintaining National Pride in Early Twentieth Century China, With Focus on Chen Shinzeng* (1876-1923), ProQuest Dissertations Publishing, 2006.

15. 嬰行（豐子愷），〈中國美術在現代藝術上的勝利〉，收錄於郎紹君─水中天編《二十世紀中國美術文選》（上海：上海書畫出版社，1999）頁 243。

16. 邱琳婷，《臺灣美術史》（臺北：五南出版社，2015），頁 340。

圖 10　張聿光　燭台與貓　　圖 11　俞劍華　水閣清談　1929　　　　　　圖 12　潘天壽　凝寒　1924　　　　　圖 13　諸聞韻　墨荷　1933
紙本設色　　　　　　　　　　　紙本設色　80×48cm　　　　　　　　　紙本設色　68×40.5cm　　　　　　　紙本水墨　72×40cm
131.8×32cm　　　中央研究院臺灣史研究所典藏

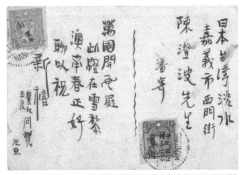

圖 14　1936.1.1 潘玉良、潘贊化致陳澄波之明信片

蓋古今中外的繪畫。而身處上海且對「國展」展出的「古畫」作品印象深刻的陳澄波，也受到此股發揚中華民族主義使命的氛圍感染，而學習並關注水墨畫的傳統。[17] 陳澄波對此屆「國展」評論如下：「繪畫方面一般入選者，國畫被西畫所壓制，而參考部的國畫卻相反，勝過于日本搬來的現代名油繪哩。看這情形中國國畫不是無出路。我們還要認真用功呵，大大來喚起我東亞的藝術前途。」[18]

此外，陳澄波在上海藝文圈也相當活躍。林玉山憶及上海時期的陳澄波時提到：「我們最盼望的就是要等著看看他在大陸各地名勝古蹟寫生之風景畫，及中國近代名家之畫集，以及藝專諸校教授們畫贈陳先生留念之作品。」[19] 的確，從陳澄波所收藏的作品中，我們可以看到上海新華藝專的同事，送給他的書畫作品，如曾任副校長張聿光的《燭台與貓》(圖 10)、教授中國美術史的俞劍華的《水閣清談》(圖 11)、潘天授的《凝寒》(圖 12)、諸聞韻的《墨荷》(圖 13)、《紫藤》、《墨梅》等作。再者，還有潘玉良在 1936年新年時，以毛筆所書寫寄給陳澄波的明信片 (圖14)。

---

17. 顏娟英，〈官方美術文化空間的比較—1927 年台灣美術展覽會與 1929年上海全國美術展覽會〉，《中央研究院歷史語言研究所集刊》第 73 分本第 4 份（2002.12），頁 661。

18. 林玉山，〈與陳澄波先生交遊之回憶〉，《雄獅美術》106 期（1979.12），頁 65。

19. 林玉山，〈與陳澄波先生交遊之回憶〉，《雄獅美術》106 期（1979.12），頁 64。

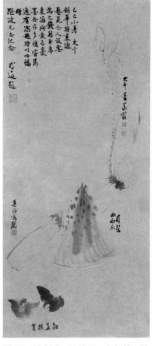

圖 15　王賢　西瓜　紙本設色
70.1×33.8cm
中央研究院臺灣史研究所典藏

圖 16　王賢　梅石
1933
紙本設色
116.9×29cm

圖 19　張大千、張善孖、俞劍華、楊
清磬、王濟遠　五人合筆
1929　紙本設色　81×36cm

圖 20　王逸雲　牡丹
紙本設色
134.5×35cm

圖 17　張辰伯　山水　紙本設色　34.9×33.8cm

圖 18　江小鶼　花卉　1930　紙本設色　34.9×33.8cm

　　任教於新華藝專的陳澄波，也在昌明藝專兼課。因此，其收藏中也可看到吳昌
碩弟子贈與的水墨畫作，如王震（一亭）的《西瓜》（圖 15）、王賢（个簃）的《梅石》
（圖 16）等作。另也有藝苑繪畫研究所同事的作品，如張辰伯的《山水》（圖 17）、
江小鶼的《花卉》（圖 18）等。此外，還有張大千、張善孖、俞劍華、楊清磬、王
濟遠等五人的合作畫（圖 19）。

　　除了上海同事的書畫收藏之外，也有任教於廈門美專王逸雲的《牡丹》（圖

圖22   約1929-1933年
陳澄波（左三）與友人於太湖寫生留影。
中央研究院臺灣史研究所典藏

圖23   1931.8.12年陳澄波於太湖黿頭渚寫生留影。
中央研究院臺灣史研究所典藏

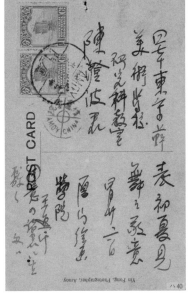

圖21   1928年王逸雲寄給陳澄波的明信片

圖24   陳澄波　太湖別墅　1929　畫布油彩　91×116.5cm

圖25   陳澄波　清流　1929　畫布油彩
72.5×60.5cm

圖26   1930.5.3上海新華藝專師
生在蘇州城外鐵鈴關寫
生。中為陳澄波。王焱攝。
中央研究院臺灣史研究所
典藏

圖27   陳澄波　西湖　1933　畫布油彩　37.5×45cm

圖28   陳澄波　板橋林家　1930　畫布油彩　31.8×40.9cm

20)等作。陳澄波與王逸雲在日本時期即相識，1928年王逸雲從廈門繪畫學院寄給陳澄波一張明信片(圖21)，照片中奇石嶙峋的景致，令人不禁想起陳澄波風景畫中對線條的強調。

從1929年至1933年上海時期，幾件陳澄波在太湖、蘇州等地寫生的照片及作品中(圖22-27、圖29)，也可看到此種風景中特別突顯出輪廓線條的特徵。此種強調線條的表現，也延續到其所畫的台灣風景如《板橋林家》(圖28)，或者具有哲思的畫題如《坐禪》(圖30)等油畫作品中。而此種如同「寫意般筆觸」的表現，或可視為是陳澄波以油彩呈現文人筆墨的嘗試。

陳澄波除了以油彩的線條狀寫「仿書法般」的筆觸之外，其上海時期所描繪的

圖29　陳澄波　蘇州風景　1933　畫布油彩　31.5×41cm

圖30　陳澄波　坐禪　1933　畫布油彩　27×27cm

大量淡彩畫作，也留下了他對中國文人畫與西方現代畫如何交融的思索痕跡。

2. 淡彩畫中的線描與擦筆

陳澄波上海時期所繪的淡彩畫，可視為是嘗試以擦筆 (touch)，實踐中西繪畫融合的可能。值得注意的是，劉海粟1931年在德國佛朗克府大學以〈謝赫六法論〉為題的演講中，即將六法中的「骨法用筆」以 touch 一詞比擬之。[20]1930年代前後，謝赫的六法論及中國文人畫的特質等議題，在中國作家之間掀起了十分熱烈的討論。有趣的是，這些討論經常參雜著東方與西方繪畫美學的相互印證。如潘天壽在1926年即提到「歐西繪畫，近三五十年，極力揮發線條與色彩之單純美等，大傾向於東方唯心之趣味。」[21]陳澄波在此畫壇氛圍中，也以其觀察和實踐，對此課題有所回應。

圖31　陳澄波　立姿裸女　1931　紙本淡彩鉛筆　36×28.5cm

陳澄波曾提到影響自己畫風的兩位中國文人畫家：倪瓚與朱耷。並對兩位畫家的風格做了如此的闡釋：「倪雲林運用線描使整個畫面生動，八大山人則不用線描，而是表現偉大的擦筆技巧。」[22]由此可知，「線描」與「擦筆」乃是陳澄波對中國文人畫風的印象。再者，陳澄波認為若能善加運用「線描」與「擦筆」，當能成功地融合文人畫與印象派的特徵，進而創造出一條融合中西繪畫的新方向。而從其所繪以裸女為主題的淡彩畫作中，不難看到他「隱藏線條於擦筆之間」、「配合雷諾瓦線性的動感」或「梵谷的擦筆及筆勢運用方法」之嘗試。[23]

例如，1931年的《立姿裸女》(圖31)，可見陳澄波以短筆觸且規律的擦筆，

20. 劉海粟，〈謝赫六法論─二十年三月十九日在德意志佛朗克府大學演講〉，《近代中國美術論集─藝海鈎沉》第一集（台北：藝術家出版社，1991），頁185。

21. 潘天壽，〈域外繪畫流入中土考略〉，《近代中國美術論集─藝海鈎沉》第五集（台北：藝術家出版社，1991），頁38。

22. 陳澄波，〈隱藏線條的擦筆（Touch）畫─以帝展為目標〉，《臺灣新民報》1934，秋。轉引自《臺灣美術全集：陳澄波》第一卷（台北：藝術家出版社，1992），頁44。

23. 陳澄波，〈隱藏線條的擦筆（Touch）畫─以帝展為目標〉，《臺灣新民報》1934，秋。轉引自顏娟英，〈勇者的畫像─陳澄波〉，《臺灣美術全集：陳澄波》第一卷（台北：藝術家出版社，1992），頁44。

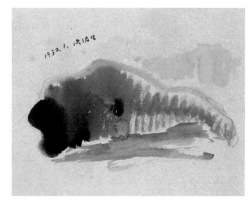

圖 32　陳澄波　臥姿裸女 -32.1（14）　1932，紙本淡彩
鉛筆　28.5 × 36.5cm

圖 33　陳澄波　臥姿裸女 -32.1（48）　1932　紙本淡彩
鉛筆　28.5 × 36.5cm

圖 34　陳澄波　人物 -32.1（5）
1932　紙本淡彩鉛筆
36.5× 26.5cm

圖 35　陳澄波　人物 -32.1（4）
1932　紙本淡彩鉛筆
36.3 × 26.5cm

圖 36　陳澄波　人物 -32.1（11）
1932　紙本淡彩鉛筆
36 × 26.5cm

表現裸女的左側身軀。背景處則以長短不一且不規則的筆觸，暗示遠山或景物。陳澄波的題款，則落在兩道淡淡的筆觸之間。1932 年的《臥姿裸女》（圖 32），同樣可見具有動感的線條與擦筆，並搭配上水墨特有的暈染技法，而呈現出一股清新的視覺效果。

　　同年的另一幅同名之作（圖 33），雖不見清晰的線描，但仍可見到充滿動感及水份的擦筆運用。值得注意的是，此作中的裸女形象已被筆勢的動態取而代之。陳澄波「擦筆」技法運用的多樣性，尚可見於 1932 年 1 月所繪的《人物》（圖 34、35）淡彩畫中。陳澄波在嘗試「擦筆」創作的過程之中，偶而也會出現有趣的例子。例如，此幅看似描繪一女子坐於椅上的《人物》（圖 36），由於女子左腳的部分以擦筆繪之，而臨近其左腳的倚子也以擦筆勾勒之，因此產生如同疊影的視覺趣味。

　　總之，從以上所討論的油畫及淡彩畫作品可知，陳澄波並不追求形似，而是思索繪畫語彙如何傳達出生動活潑的視覺效果。他的風景畫，亦可見到此種對內在律動感的探索之心。這些嘗試，一方面反映出他對文人畫觀的具體實踐，另一方面也彰顯出他對中西繪畫融合的回應。

五 .「氣韻生動」與「表現性」：東洋與西洋美術的融合

　　陳澄波從上海返台後，有意再赴法國留學，然而石川欽一郎卻建議他：「不如致力於研究中國、印度等東洋美術，擷取東洋美術的精華，尤其中國的古畫，值得吾人研討參考之處頗多，比研究法國的畫更有益。」[24] 石川的這個建議，或有其客觀現實的考量；但若從陳澄波畫歷的發展思之，此建議

24. 石川欽一郎昭和九年（1934）8 月 16 日致陳澄波親筆信，藏於嘉義市文化局，館藏編號 5。轉引自黃冬富，〈陳澄波畫風中的華夏美學意識—上海任教時期的發展契機〉，《臺灣美術》87 期（2012，1），頁 28。

圖 37　陳澄波　岡　1936　畫布油彩　91×116.5cm　　　　圖 38　陳澄波　嘉義公園（辨天池）　1937　畫布油彩
　　　　　　　　　　　　　　　　　　　　　　　　　　　　130.2×162.5cm　國立臺灣美術館典藏

有助於陳澄波對文人畫繼續深入的探究。

　　林玉山曾說陳澄波的「畫作有用筆之妙，有畫趣之奇，又有格調之怪異等等，這皆出自作者本人之性情胸臆、卻不能勉強求之。」[25] 林玉山也提到陳澄波的「風景畫亦常常有違反透視及變形之表現。」[26] 其實，林玉山點出陳澄波「怪異」及「變形」的畫風，正好呼應了豐子愷對現代西畫「中國畫化之道」的觀察。

　　豐子愷認為，現代西畫所具有的「單純化」(Simplification) 與「畸形化」(Grotesque) 特質，反映出十九世紀後半葉以來，「印象派與后印象派繪畫的中國畫化」；他並以康丁斯基將「物象由外界對象抽離出來，而強調內面的純粹精神表現」，說明西方現代繪畫的精神與「氣韻生動」[27] 的關連。其實，相似的觀點，瀧精一在 1920 年代初期也已提及，他甚至將康丁斯基內在的聲響 (innerer klang) 與「氣韻」視為同物。[28]

　　陳澄波具有強烈個性及表現性的油畫作品中，亦可發現此種「內在的韻律性」。如 1936 年的《岡》(圖 37) 一作，陳澄波如是說：「面對的右方出現小高崗，左方山崗前面為農村，其間挾著蜿曲有趣的田圃。…利用前景水田田埂的曲線，表現全畫的線條韻律感。斜行的道路截斷前景與中景，並且利用道路的色彩增加前景明朗的快感。然後配置兩、三位點景人物，田圃的蜿蜒加上幾隻白鷺，全畫的精神中心便在於此，這是我努力的結晶。」[29] 隔年 (1937) 的《嘉義公園》(圖 38)，此作的構圖，亦與《岡》一作的內在律動，相映其趣。

　　簡言之，作為融合中國文人畫觀與西方現代繪畫先驅者的陳澄波，其具有律動感的畫作，明顯可見他將「氣韻生動」與「應物象形」進行融合的嘗試，此種融合即是將描繪對象的寫實性，改以畫家個人的表現性闡釋之。而此種消融「形似」與「反形似」對立的路徑，日後也可在同樣有著中國經歷與日本經歷的王夢鷗，對中國美學「體物傳神」的分析中見到。[30] 因此，陳澄波不僅是二十世紀前半葉，東亞畫壇如何實踐東西畫風融合的見證者，他更是日後台灣畫壇對東方美學追索的先行者。

*圖 14、22、23、26 的圖說，引自陳澄波文化基金會網站，http://chenchengpo.dcam.wzu.edu.tw/。

*本文引用之陳澄波作品圖像提供單位為「財團法人陳澄波文化基金會」。

25. 林玉山，〈與陳澄波先生交遊之回憶〉，《雄獅美術》106 期（1979.12），頁 62。

26. 林玉山，〈與陳澄波先生交遊之回憶〉，《雄獅美術》106 期（1979.12），頁 60。

27. 嬰行（豐子愷），〈中國美術在現代藝術上的勝利〉，頁 265。

28. 瀧精一，〈文人畫と表現主義〉，《國華》390 期（1922.11），頁 160-165。

29. 陳澄波，〈美術季─作家訪問記（十）〉《台灣新民報》1936.10.19；收錄於《風景心境─台灣近代美術文獻導讀（上冊）》（台北：雄獅美術出版社，2001），頁 164。

30. 王夢鷗對「體物傳神」的解釋為「不限於模仿自然的原狀，而是將主觀的人格注入自然中，而再現那帶有主觀人格的自然」。詳參邱琳婷、廖棟樑，〈體物傳神：王夢鷗論中國藝術之抽象觀念化〉，《政大中文學報》22 期（2014.12），頁 101-130。

點、線、面──陳澄波與他的書畫收藏

蔡耀慶

國立歷史博物館展覽組

前言：

　　陳澄波以西洋畫入選當時重要美術展覽，終其一生努力不懈，並重視藝術教育，深受藝壇肯定。過世後，歷經風雨飄搖的歲月，他的夫人將他的作品與所有物件深藏保存，直到多年後，才開始辦理展覽。後續由子孫費心修復整理他的相關資料與檔案，公開於世人面前。今日透過這些文獻、物件、圖像、作品等文物，可以多角度且立體的去認識這位傑出藝術家。

　　在他諸多保留的物件中，有著為數不少的書畫水墨作品，檢視這些書畫作品，深覺箇中富含資訊，內容有個人習作、友朋相贈，有卷軸、扇面等等，這些書畫作品在不同時間、空間狀況下，陸續進到陳澄波的生命歷程中，而與其藝術創作產生關聯；也因為有了這些作品的存在，讓我們可以思索當時的藝術社會與藝術家的生活樣態。

　　本文針對家藏書畫作品進行探索，嘗試說明陳澄波重視線條的脈絡，以及如何從書畫作品中獲致養分而後體現在他的繪畫作品上。其次是從所藏書畫作品中，分別整理出三條脈絡：嘉義、東京、上海。透過作品連結了陳澄波與其他藝術家，形成了一個藝術家交遊網絡。每位作者都如同單一個點，因為作品而能連接在一起，而後形成了一個藝術生態。翰墨因緣便是促使三地的書畫家的互動的契機，而此一藝術生態的挖掘，彰顯出陳澄波對臺灣美術史的價值與意義。

一、書法教育

　　陳澄波雖不以書法名世，但是對於書法學習卻也非常重視。檢視其所藏作品中，留有相當多的書法作品，可見陳澄波對書法的重視。線條之美，對書畫藝術而言，是其核心元素。在陳澄波一生經歷中，書法雖不是他用功專注的藝術創作，但是因為書法而所產生對線條的重視，卻是他繪畫創作中不可忽略的一大關鍵。

　　陳澄波的書法學習主要受到兩項影響，其一，是來自漢學的傳統，要求讀書習字。其二，是因為學校的課程安排，有著必要的書法練習。

　　陳澄波的父親陳守愚為前清秀才，擔任私塾教師，可能曾在嘉義縣的兩所書院執教。陳澄波與其父雖不親近，但仍長期保存父親遺留的試帖與手札，可見對家學典範保有敬重。家藏《真草隸篆四體千字文》的書末，留有 1909 年陳澄波簽名，可以用來說明早年曾受漢學教育影響。另外還藏有〈格言〉四屏，雖為印刷品，但是其內容乃是匯集清代舉人純以端正楷書，所錄各式格言，此以科舉人物之字懸於廳前，或是視為書法學習，

或是將此中賢達作為師法對象。

　　書法收藏中有李種玉（1856-1942）所書〈李白‧春夜宴桃李園序（部分）〉。李種玉，字稼農，臺北三重埔人。光緒十七年（1891）參加臺北府試，取進縣學；二十年（1894）列選為優貢生。明治卅三年（1900）入國語學校擔任教務囑託，教授漢文、習字，提攜學子甚眾。另外還有鄭貽林（1860-1925），〈文行忠信〉、〈心曠神怡〉兩件作品。鄭貽林，字登如，號紹堂。原籍福建泉州，清光緒年間渡臺至鹿港設席，遂定居當地。自少即喜臨摹漢、魏碑帖，並受清代金石學家呂世宜影響，以隸書見長。公學校辭職後，更是專心致力於書法上，是臺灣少數碑帖派書法家之一，與當時鹿港另一位書法名家鄭鴻猷並稱，霧峰詩家林朝崧更以「板橋書法兼工隸」讚譽之。此二位都是深受舊學教育，又能以書法受到敬重之人。

　　日治前期二十餘年間無論公學校或書房，「漢文」仍是必修的科目，而「書法」則終日治時期均為基本科目之一。培養公學校教師的師範學校，其課程中先後設「習字」、「書道」科，教授毛筆之執筆、運筆之法，以及楷書、行書、草書等之結構，並教授書法史、書論、鑑賞理論等，師資以教授日語、圖畫科之日人教師，或延聘專擅書法之臺人擔任。陳澄波就讀總督府國語學校期間，李種玉曾是「習字」科教師。顯見從嘉義公學校到總督府國語學校，陳澄波在現代學校教育體制當中，繼續接觸了「漢文」、「習字」等科目的訓練。不過在他所遺留的國語學校「學業成績表」來看，他的「漢文」成績並不特出，但「習字」一科卻有很優秀的表現，可見他對書法較有所喜。

　　在東京美術學校，陳澄波考取的是「圖畫師範科」，這意味著他必須接受各個方面的美術訓練，在他的遺物當中，保存了這一時期大量的書道、水墨畫、膠彩畫等東洋美術課程的習作，部分還留有批改痕跡。他在東京美術學校時期，日本畫科目指導教師是平田松堂，書法的指導教師則是岡田起作。當時日本正流行六朝書風，便見到他以鄭文公碑為範帖的習作。可見這一時期的陳澄波仍然熟悉墨硯，並持續練習書法。

　　誠然，書法是種極為特別的藝術門類，既是文字傳播的工具，也是視覺美術的一環，如何使用毛筆產生不同的姿態，就是畫家自我錘鍊的過程。陳澄波留有一件完整的書法作品〈朱柏廬治家格言〉，由於作品沒有落款，未能明確斷定其年代。在所藏書法作品中，適有一件羅峻明所寫的〈朱柏廬先生治家格言〉，該作品寫於1921年，當時陳澄波正在水堀頭公學校湖子內分校任教。觀察兩件作品安排布置及細節，推測該件作品應是陳澄波在公學校任教時期以羅竣明所寫為範本，所臨摹的作品。可以想見他對書法還是持續不斷自我練習，也努力向當時的名家學習。

　　或許也正基於這一緣故，陳澄波有不少書法作品的收藏，也讓自己小孩在書法上多有練習。日後，他的子女在成長階段，也都有書法方面的訓練與獲獎紀錄。如陳紫薇所書〈李嘉祐詩句〉；陳碧女〈春風秋月〉；陳重光〈川流不息〉等，可以看出他們在學期間對書法的重視。

二、線條演繹

　　強調線條的表現、重視線條體現的美感，與書畫筆墨傳統有關，因為水墨畫作中的用筆，是基於漢字書法的練習與體認。1934年陳澄波接受《臺灣新民報》訪問時，表示自己「特別喜歡倪雲林與八大山人兩位的作品，倪雲林運用線描使整個畫面生動，八大

山人則不用線描，而是表現偉大的擦筆技巧。我近年的作品便受這兩人影響而發生大變化。」這段文字看得出陳澄波有意識地審視水墨傳統，從中觀察到不同畫家處理線條的特色，進而受其影響而體現在作品之中。也就是說陳澄波在畫油畫之時，保留著線描與擦筆的技巧，這種將線條美感作為底蘊，做為處理肌理的手法，成為陳澄波繪畫美學中不可輕忽的觀察重點。

他在上海時期除了授課之外，還不間斷地訓練自己的手底技巧，家中留有此時以鉛筆、畫筆完成的速寫作品，可以看見此時陳澄波身為一位油畫教授，並非依靠著留日的學歷，而是讓自己更加勤奮地進行繪畫與不停歇的自我磨練。在這些速寫中，他對書寫工具的使用越發成熟，並不斷嘗試發展不同筆觸，諸如：線描、擦筆、重筆直下，甚至如沒骨花卉所使用的單筆分色等技巧，都出現在其中，可以說無論是鉛筆、畫筆或是毛筆，各種書畫的筆法，都在嘗試轉注於水彩、油彩的圖繪之中。

此時陸續結交活躍於上海地區的水墨畫家，而有所觀摩機會，以陳澄波好學的特質，想來從中獲得不少養分，讓其用筆更富特色。雖然油彩與水墨材質相殊，然而兩者都是強調用筆技巧：在油彩中利用筆尖與筆根蘸取顏色的差異、按筆的輕重方向不同能產生多種變化和趣味，正如在書畫水墨中的墨分五色，表現出濃淡乾枯。完成於 1933 年的作品〈坐禪〉，畫中筆觸飛動，筆調強烈而帶有金石氣，如同以書法線條為行筆，筆墨恣肆、奔放、真率。另一件作品〈月夜〉，猶如逸筆草草的水墨畫作，按下筆後稍作挫動，然後提起，如書法的逆鋒行筆，蒼勁結實，線條頓挫，似斷似續，更加耐人尋味。

其實無論東西方繪畫開始時都是用線造型的，在早期油畫中通常都以精確嚴謹的線條輪廓起稿，而以排線法作為形成明暗的手段。而後西方油畫演變為以明暗為主，但儘管如此，油畫中線質的掌控從未消失過。無論纖細或豪放，工整或隨意，單一或反覆，平塗或交錯，各種線條運用使油畫語言更為豐富。平心而論，相較於油畫而論，陳澄波雖未能投入很多心力於書畫創作，但是有著書法的基礎，讓他更加清晰地理解到線條的力量。

前述他的書法傳承中，從家學乃至學校教育，一直對書法有所練習，是以在他繪畫創作中，重視用筆。到了上海任教之時，接觸了不少海上書畫家，也增添了他對線條的認識，從中更加生動地演繹出屬於他自己的線條世界。

三、諸羅文風

今嘉義市所在地在清代稱為諸羅山，為平埔族一大族社諸羅山社的位置，也是清代諸羅縣治與縣城的所在地，其地位於嘉義平原與丘陵的交界處，又有八掌溪與牛稠溪環繞，形勢優越，並有北控臺灣中北部、南護府城臺南的功能，地理位置十分重要。此地歷經漢人社會建立的過程，由平埔族社會演變成為以漢人為主體的社會。該地早自清朝乾嘉時期以來，就陸續有些書畫家曾活躍於嘉義地區，較重要者有馬琬、朱承、丁捷三、林覺、郭彝、許龍、蔡凌霄、余塘等。至日治時期，更因當時有一群書畫家在這塊土地的努力耕耘，而贏得了臺灣「畫都」的美譽。例如東洋畫的徐清蓮、張李德和、朱芾亭、林東令、林玉山、黃水文、盧雲生、李秋禾等人，西洋畫則有陳澄波、翁焜輝、林榮杰、翁崑德等人，雕刻藝術上亦有蒲添生，這些均是臺灣藝術史上重要人物，他們為嘉義藝壇樹立了優良的典範。

陳澄波與許多漢學素養深厚（特別是嘉義地方）的士紳、文人，往來密切，在其家藏書畫中可見許多名人的字畫。如家中藏有一件徐杰夫〈孟子·公孫丑下（部分）〉條幅書法，作者徐杰夫（1871-1959），號楸軒，原籍廣東嘉應州鎮平縣，曾祖徐元星於乾隆間渡臺，營賈為業。祖臺麟遷嘉義。光緒十八年（1892）中秀才。明治四十一年（1908年）被任為山仔頂區庄長，1912 年授佩紳章，1913 年 10 月任嘉義廳參事兼嘉義區長，是當時嘉義地區的重要人物。

　　日本政府以推行教育達到統治的功能，在各級學校設立圖畫課，新的圖畫教育漸成型，其中尤以師範教育對美術有重要的貢獻，此時的繪畫傳授迥異於傳統的師徒相傳。昭和三年（1927）臺灣教育會因應社會上的需要，舉辦首屆臺灣美術展覽會，「臺展」之前嘉義地區只有幾位寫四君子的文人，如釋頓圓（約 1850-1949）、蘇孝德、林玉書、蘇友讓（1881-1943）、施金龍等人。其中蘇孝德、林玉書、蘇友讓，都與陳澄波有所交往，也藏有他們所寫的書法作品。

　　〈畫中八仙歌〉，作者林玉書（1881-1964），號臥雲，又號雪庵主人、香亭、六一山人、筱玉、玉峰散人，嘉義縣水上人。當年第七回臺展於 1933 年 10 月 25 日在臺北市教育會館開展，推測林玉書在得知多位嘉義畫家同時入選，便立即作詩並書寫以賀，由此可見當時以琳瑯山閣為中心之嘉義藝文界交遊的確相當熱絡。以詩文內容而言，除了優美文辭顯示出作者深厚文學基底之外，林玉書還評述八位畫家不同的創作傾向及藝術成就，具有珍貴的史料價值；而就書法書跡的流暢雅緻，也頗令觀者賞心悅目。

　　1933 年 6 月，陳澄波返回嘉義，雖近不惑之年，但在鄉人的眼中，仍然是一位文化英雄，鄉里間有不少人受到他鼓舞而陸續在藝壇上有所成就。例如在他家中藏有一件林玉山所描繪湖邊的牧牛場景的水墨畫。畫幅的右側雖然已有部分損壞，仍可見到一片枝葉繁茂的竹林，以及林子在湖面上的倒影。作者林玉山在多年之後再次看到這件作品，在畫幅上補題一段話：「此畫乃五十三年前初以水墨寫生風景之試作，自覺無筆無墨，稚拙異常。難得重光君保存不廢，於今重見，感慨之餘，記數語以留念。時己未孟夏，玉山。」這件作品恰能說明兩人關係密切。

　　林玉山小學就讀嘉義第一公學校（即今日嘉義「崇文國小」，也是畫家陳澄波的母校）。課餘他就在家裡幫忙父親裱褙，讀公學校期間裱畫店聘請的畫師辭職，對畫圖很有興趣的林玉山也曾代理畫師工作。當時陳澄波回到嘉義第一公學校擔任訓導，常帶著學生包括林玉山到郊外寫生，從此更堅定了他學畫的決心。後來，林玉山也在陳澄波的建議與鼓勵之下，朝著專業畫家的道路邁進，並遠赴東京習藝。留學期間，他並且還曾與陳澄波一同住在東京上野公園附近的宿舍，及至 1929 年林玉山回到嘉義，前往上海教書的陳澄波在每年暑假返臺時，還會不斷帶回中國近現代名家的畫冊，讓林玉山等後輩能接觸到海外資訊。可見陳澄波對於同鄉後進有才之人，極為願意提攜，共同為創造臺灣美術發展而努力。

　　書畫作品中有還有曹容（1895-1993）的條幅及橫幅〈挽瀾室〉。曹容，本名天淡，字秋圃，臺北市大稻埕人。十八歲即設塾為師，往來於臺北、桃園兩地。三十五歲曾組「澹廬書會」，研究、教授書法，參加日、臺兩地書展，屢獲大獎。四十一歲獲日本美術協會展無鑑查推薦參展，隔年（四十二歲）任日本文人畫協會委員，活躍於臺灣、日本、廈門等地。亦多參與文藝活動，如參加一九三四年成立的「臺灣文藝聯盟」而與陳澄波時有接觸。所寫〈挽瀾室〉作品，中有款云：「澄波先生為吾臺西畫名家，曾執教於滬上。

當慨藝術不振。於余有同感。故題此以名其室冀挽狂瀾于萬一耳。」由此可見陳澄波在當時的藝壇受到相當的尊重，並有崇高的地位。

四、東瀛求學

從台灣到日本東京美術學校求學，這是陳澄波一生中非常重要是生命抉擇。1924 年陳澄波考入東京美術學校師範科就學，這是 1887 年由岡倉天心所成立的一所充滿理想的美術學校。岡倉天心在《東洋的理想》一書中，闡述個人對亞洲美術的看法，以整個東亞美術發展為其視野，讓中國傳統美術在日本再次受到重視，而在 19-20 世紀交接之時，吸引諸多日本收藏家到中國收購文物。這些理念成為這學校運作的主要宗旨，並透過教學傳播出去。

陳澄波家中藏有一件題著：「拓開國運，蘇息民生。」款為：「政友同志會創立紀念，犬養毅」的扇子。作者犬養毅（1855-1932）為中日書畫交流中一要角。當時，隨著日本憲政運動的展開，愛好中國書畫而且是犬養毅支持者的博文堂第一代主人原田庄左衛門，在犬養毅引介下成為中國書畫進口商。1911 年滿清滅亡後，羅振玉帶著女婿王國維和家族成員，連同自己擁有的多件文物寓居京都。此時大量的中國書畫作品流入日本求售，其流通的窗口便是位於大阪的出版社博文堂。

陳澄波遺物當中，還有幾件繪於畫纖板上的短幀作品，一是〈竹犬圖〉，畫面清新，保有日本南畫的氣息，惜款識未能清楚辨出作者。還有兩幅朝鮮畫家李松坡的兩件水墨畫，一件〈歲寒三友圖〉，另一件〈山水〉，前者有款：「丁卯冬於東都客中，玉川山人李松坡寫意。」丁卯年即 1927 年，當時陳澄波在東京美術學校圖畫師範科畢業後，入同校研究科繼續學業。此件作品可能當時在日本所得，成為收藏之一。

在所藏書畫中，有一件渡邊竹亭所書〈趙孟頫・天冠山題詠詩帖 - 仙足巖〉，為臨古帖之作。另一件橫山雄所書〈李白・子夜吳歌─秋歌〉，筆畫開合別見趣味。兩位作者應是日治時期來臺活動的書法家。當時社會經常舉行書畫會的集會和展覽會，彼此相互切磋，充分收到相互觀摩交流之目的。對日籍人士而言，能來此地參加活動，不只交流也是旅行；對臺灣的書畫家而言，有機會仿習吸收日本東洋畫和書道的技法及風格，使臺灣的傳統書畫揉合東洋書畫而展現新的生命和風貌。

此外，家中還藏有許多日人所畫的水彩、油畫作品。這些作品與陳澄波在東京美術學校的學習背景息息相關。因為東京美術學校的教授擔任臺展與府展的評審次數頻繁，無形中，東京美術學校的藝術品味，也影響著臺灣西洋藝壇。

五、上海交流

陳澄波的上海時期（1929 至 1933 年），是其「畫家生涯歷程最大的轉折點」，一方面是他以留日身分至上海任教開啟他正式藝術生涯，再者也是他可以直接接觸中國藝術，不是轉引自日本的中國美術概念，透過研究這些與之交往的朋友作品，其價值不局限於個人範圍，而是近現代美術的重要記憶和縮影。

上海於 1843 年開埠，逐漸躍升為中國對外貿易第一大港。經濟發展造就了新富階級，

各種文化思潮、藝術觀點在這裡彙聚、碰撞和交流。當時的上海是中國美術運動最活躍的地區之一，其對文化商品的大量需求，復帶動書畫市場的蓬勃。此外，近代學校美術教育的興起與發展，培養了大批專業美術人才，也為美術社團的勃興提供了豐富資源。在此同時，報刊雜誌等近代傳播媒介為藝術社團的發展提供必要的輿論影響和傳播途徑。這些藝術社團最新的組織動向、最近的活動情況、社員最新的創作和研究成果，藉由報刊雜誌等及時傳向社會大眾，進而加強美術界與社會各界的交流互動，藝術家與藝術社團既能迅速地樹立藝術形象，也擴大社團在美術界以及整個社會上的知名度。這個歷史機緣，讓身處其中的藝術家都有了絕佳的機會，可以發展個人特色。

1929 年 3 月，甫從東京美術學校畢業的陳澄波前往上海任教。前後在上海新華藝術大學專科學校（1926 年設立，1929 年秋改名為上海新華藝術專科學校）、藝苑繪畫研究所及昌明藝術專科學校等校擔任西洋畫的教學工作。在上海這幾年時光，他與曾經留學歐、日的中國藝術家交往密切，除了積極參加美展，並與決瀾社及其他上海現代藝術社團藝術家社員互動，希冀以新技法表現新時代的精神。

1929 年 8 月，陳澄波被聘任為新華藝術大學西畫系教授。此學校由俞寄凡、潘伯英、潘天壽、張聿光、俞劍華、諸聞韻、練為章、譚抒真等發起，由社會耆宿俞叔淵出資支持，1926 年 12 月 18 日創立。1927 年春季正式招生開學，初名「新華藝術學院」。設國畫、西畫、音樂、藝術教育四個系，校址在金神父路（今瑞金二路）新新里。「藝苑繪畫研究所」是近現代美術史中出現於上海的重要西畫團體。1928 年，上海的一批西畫家王濟遠、江小鶼、朱屺瞻、李秋君等人，組織一個非營利性的繪畫學術機構，取名「藝苑」。藝苑位於西門林蔭路，是江小鶼、王濟遠兩位畫家將其合用的畫室提供做為該所的活動場所。1931 年 4 月，陳澄波油畫〈人體〉參展藝苑第二屆展覽會，而與許多書畫名家有所往來。所藏字畫中有王濟遠（1893-1975）〈陸游 · 夏日雜詠〉書法。王濟遠與陳澄波的相識時間，雖尚未明確，但兩人確實保持良好關係。在陳澄波的所藏書畫中，有張聿光、潘天壽、俞劍華、諸聞韻、江小鶼、王賢等人贈送的書法與水墨畫作。還有一件由張大千、張善孖、俞劍華、楊清磐、王濟遠等五人合筆創作的彩墨作品。

在上海任教時期，結交了多位當時畫壇名家，彼此之間諸多活動，雖然西畫與水墨在使用材料上有所不同，但是若干觀念與領悟卻是可以有所互通、比較與借鏡。同時，上海多元開放的環境讓他也有機會接觸到歷史上的名家之作，這段經歷顯然讓陳澄波在審視油畫創作，評析畫作技巧時，找到可以援引的對象，更加擴展陳澄波畫作的可讀性。

小結

線條美感是書畫藝術中，重要的元素，而線條的錘鍊，諸多來自書法的練習與體認。雖然陳澄波以油畫受到世人矚目，但在他的學習歷程中，書法一直與之為伴，更寄望他的小孩能夠在書法上用功，體現他對書法的重視。

做為一位傑出的藝術家，陳澄波未曾離群索居，而能結交多位畫友，彼此之間交流互動，透過信件、書畫作品的相贈，更加緊密了彼此的情誼，讓藝術創作這條路，可以相互砥礪與扶持。在這些收藏中，不只保存了許多藝術家的作品，也看到了藝術家所形成的交遊網絡，藉此可以回顧當時的藝術社會面貌。

陳澄波並不以書法為創作主軸，但是一生中卻與毛筆有著緊密關係。他在學校受到書法教育，對自己兒女也注重書法學習，這與其家庭背景有關以及當時的書法教育有關係，家學部分受到父親科舉教育背景的影響，而學校教育則是當時學校的課程安排，以及後來留日時期在東京美術學校時期的訓練。

While calligraphy was not Chen Cheng-po's primary artistic media, his life was deeply connected to the writing brush. In school, he received education of calligraphy; he also emphasized calligraphy in the education of his children. This was deeply rooted in his familial background and the calligraphic education of that time. The familial training included influences from Chen's own father and the examination system. The school education included the curriculums of that time and the training he received at the Tokyo School of Fine Arts.

書法教育—
傳承與訓練

Education of Calligraphy:
Legacy and Cultivation

聽其言也觀其眸子人焉廋哉

夫聽惟以善觀廋之哉夫令人論人者使徒聞於聲而弗徵於其色則一已之鑑別難定矣而觀人者詎得曰人藏其心不可測廋遂徒舍色以論聲耶彼非其眸子之人焉廋我

夫以言觀人者豈惟在眸子哉則試進驗其聲色之真偽難定蓋言者為心之聲而伋於其色者也則彼非其存乎人者豈惟在眸子哉則克精則外也而內傳之矣在人之是若眸子之主乎內我而旌別

非無定安得以凊我之鑑衡抑言處乎微者也非眸子之處乎微得失之難分也則試卽聽其所言以觀其眸子而人焉廋之於世也非眸子而人焉得廋之哉蓋安得以擾所復縱能窮其術以惑之下則指摘難寬也而自誠偽之莫辨

我之定見則試卽聽其所言以觀其眸子以觀其眸子而人之邪正各殊之天機以自

得失之難分也則在彼縱能飾其詞以欺之於世也且夫廋之為言匿也而自誠偽之莫辨以

也在彼傾耳之餘則推求倍切也且夫廋之為言匿也而自以人

所在已傾耳之餘則推求倍切也然而拘夫非眸子所行者以自

之所聽並切夫觀瞻則始不及廋然而拘夫廋之為觀而先之以聽是因人

無以見其心也聽之甚神非聽而徒勞耶非徒勞而以濟於聽安望其非所觀何以觀其

非善聽其言之甚有存乎於觀之中哉而評論維殷也是豈以人之所觀何以

之術而正無可廋乎而評論維殷則雖有極其廋之

觀之術亦祇見其徒閒於所聽之外平而品評特切則雖有善其廋之之謀

其更有神於所聽之外乎而謀亦祇見其徒拙耳慶云挺匠之合十

而謀亦祇見其徒拙耳

眸子又有神於所聞

陳敦秀挺匠之合十
文寶軒

聽其言也觀其眸子人焉廋哉（文稿）
Manuscript

陳守愚

國立臺灣文學館典藏

浸潤之讚（手稿）
Manuscript

陳守愚

國立臺灣文學館典藏

浸潤之讚　次句

乙丑自邑主縣試三等第壹名

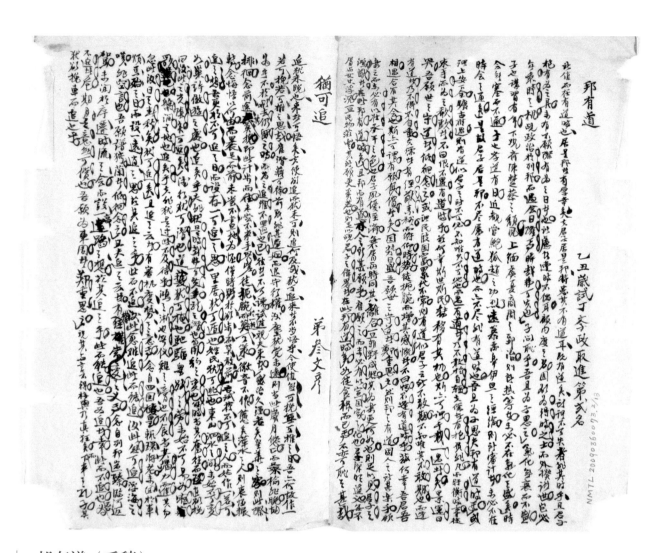

邦有道（手稿）
Manuscript

陳守愚

國立臺灣文學館典藏

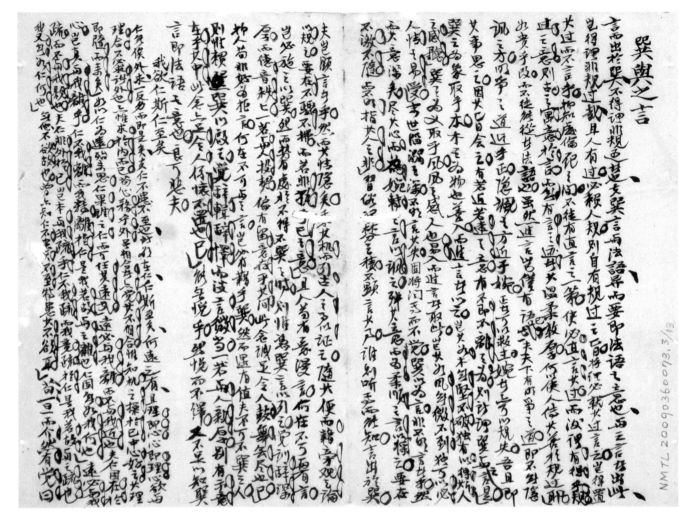

巽輿之言（手稿）
Manuscript

陳守愚

國立臺灣文學館典藏

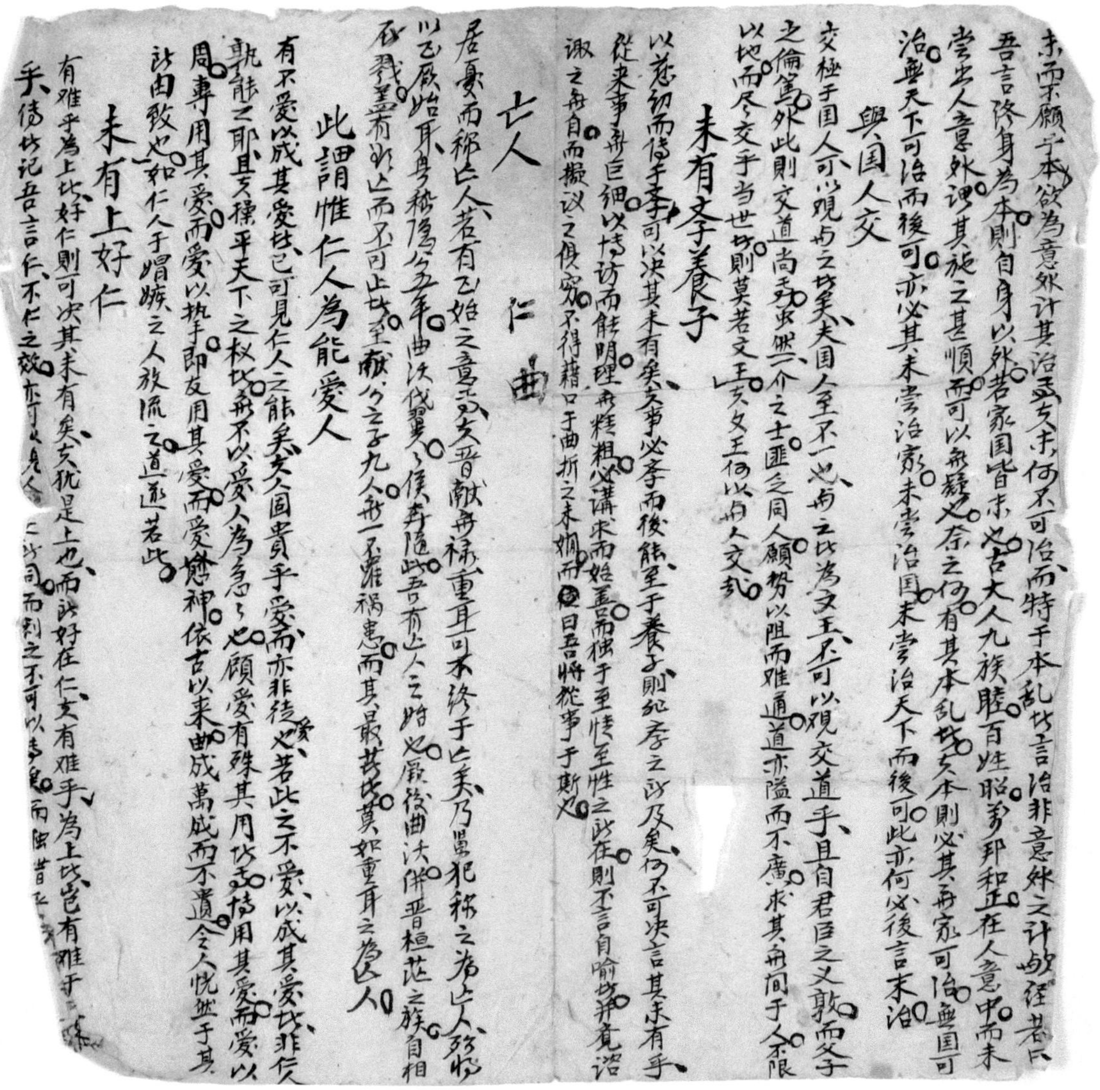

與國人交

未有孝養子

亡人

此謂惟仁人為能愛人

未有上好仁

亡人（手稿）
Manuscript

陳守愚

國立臺灣文學館典藏

焉用稼子曰誦詩（手稿）
Manuscript

陳守愚

國立臺灣文學館典藏

雖多亦奚以爲子曰其身正

雖多亦奚以爲子曰其身正（手稿）
Manuscript

陳守愚

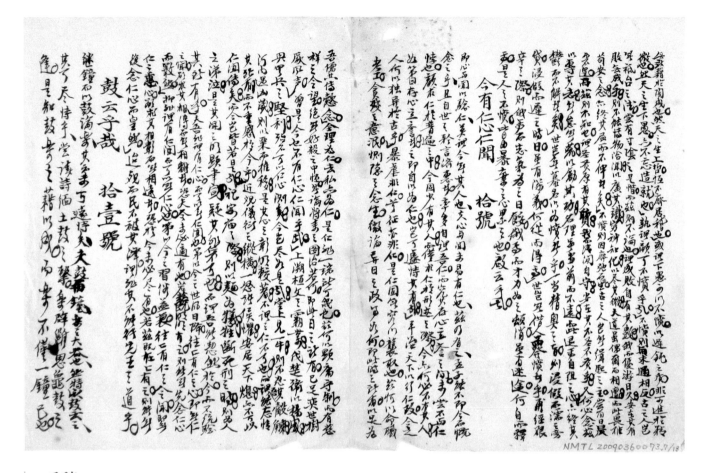

手稿
Manuscript

陳守愚

國立臺灣文學館典藏

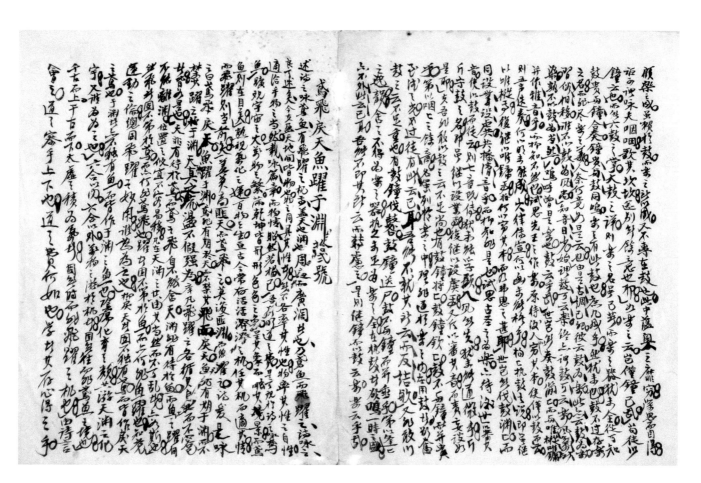

手稿
Manuscript

陳守愚

國立臺灣文學館典藏

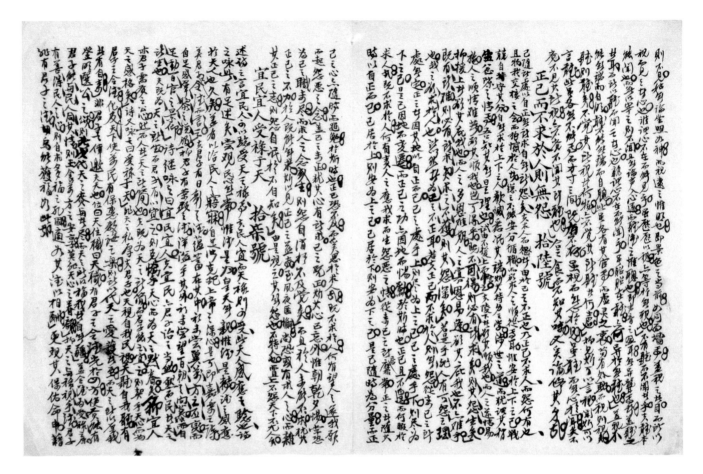

手稿
Manuscript

陳守愚

國立臺灣文學館典藏

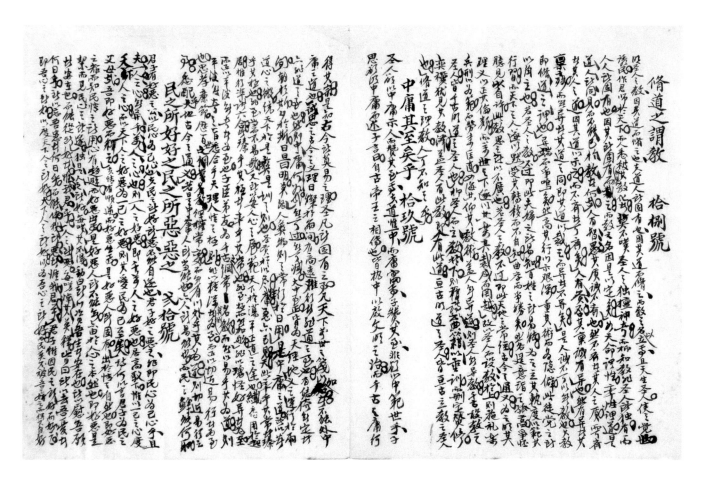

手稿
Manuscript

陳守愚

國立臺灣文學館典藏

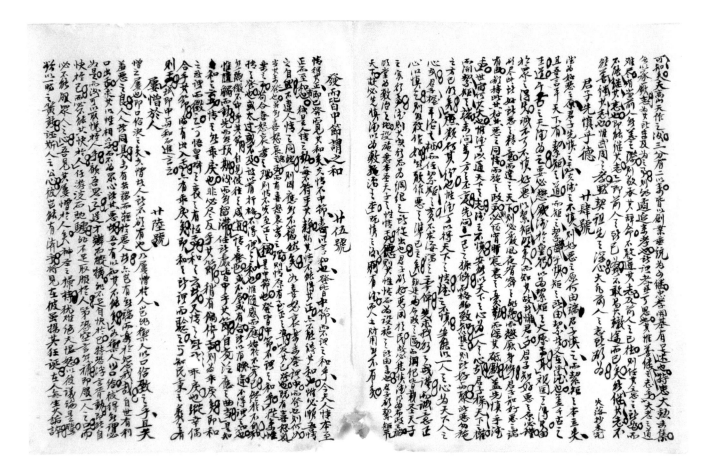

手稿
Manuscript

陳守愚

國立臺灣文學館典藏

手稿
Manuscript

陳守愚

國立臺灣文學館典藏

手稿
Manuscript

陳守愚

國立臺灣
文學館典藏

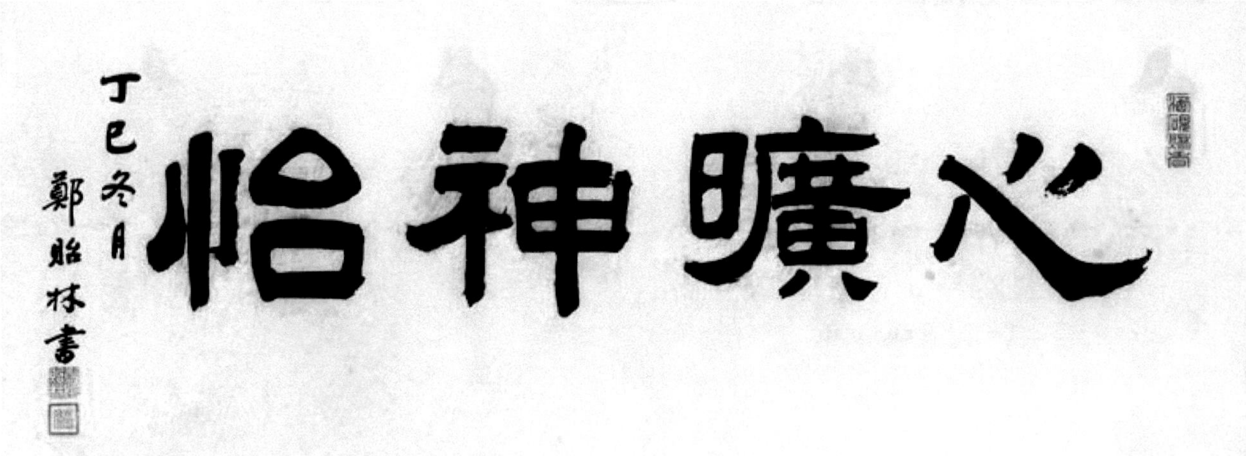

嘐然自是，即有不憎之暇，而彼仍貽可憎之誚也，而何有於不憎也。柳仲修之志，猶莫恤夫人言，以彼捷給為心，欲以一人之刺譏，闔眾人之議論，其誰能堪此乎！將見人即不能禁彼之詐譏，彼亦不能禁人之怨惡，儼然自高人國，然如彼何，而彼又將如人何也，而何以能不屢憎也。試不可憎者，成德之儒耶！若夫利口之輩，不特屈於辯者憎之，即直道者泯其亦憎之，乃胡為乎與人同其多，而不與人同其說，任怨怨之頻加，而莫知所警也，彼獨何心，而乃受憎若此乎！要能不忍此後多耶。試不當憎者有道之士耶！若夫善辯之流，不特久覓其紕者憎之，即偶爾旁觀者亦憎之，乃胡為乎不與人同其口，而僅與人同其形，任憤嗟之叢集，而莫知所警也，彼豈異人，何乃屢憎自甘乎！而能不愧於奎責耶！後之學用者是子，何以是為雍處也。

無求備於一人　廿柒號

用才必取其長，無求全焉，蓋天難得其人才，備而求之，人何以堪！公故貽訓及之，意謂居今日而蒞茲東土，其人不能以一人獨理也，以多，惟其不能獨理，是以朝廷敢一人焉，援其尤者，取人焉，援其尤，藻鑑雖明，要焉可以錄其所長，而並責以所短也。親與大臣故舊處之，既有其道，而用人之道，則又有可言者，繩尺過嚴，用一才而遂苛其素，雖有一二才技，難免播棄之虞，掄選太刻，知有實而反峻其防，即有一二實豪，莫當其刺之意，而君子善盖求備於天，云天地生非一日矣，豈能特出之才，足供元后之採擇，然有其才不必人人皆全才也，必待全才始為錄用，彼智效一官者，不得有棄予之嘆矣，夫天有全道，人鮮全能，以一人任一職，猶恐其職之不稱，奈何不体生才之心，而以一職任洪一人也，究宏造士之君子，試以旁求有由，而不敢以求全傷天地之心，其此耶！国家培植，亦非一時，知豈無殊尤之器，足荷一世之艱大，然有其器而未必人人皆不器也，必悉搜不器而始藉極，彼能效一職者，將無有遺廢之怨耶！夫藝雖盡附於人，究未嘗足全於人，以一己寄一人，猶懼其力之不給，奈何不体育才之意，而責一人以兼數才也，振拔器使之君子，試由旁招寬己，而不敢以求多失国家之体，其此耶！蓋草野有

心曠神怡
Relaxed and Happy

鄭貽林（1860-1925）
福建泉州人，字登如，號紹堂。明治
卅年（1897）與鹿港洪棄生、許劍漁，
苑里蔡啓運，聚集兩地文人，成立「鹿
苑吟社」。

紙本水墨　29×81.7cm
1917

文：
心曠神怡

款：
丁巳冬月
鄭貽林書

印：
洒硯焚香（朱文）
鄭貽林印（白文）
登如（朱文）

文行忠信
Cultural, Morals, Devotion, Trustworthiness

鄭貽林（1860-1925）
福建泉州人，字登如，號紹堂。明治卅年
（1897）與鹿港洪棄生、許劍漁，苑里蔡
啓運，聚集兩地文人，成立「鹿苑吟社」。

紙本水墨　29.5×78.7cm
1917

文：
文行忠信

款：
丁巳年春月鄭貽林書

印：
洒硯焚香（朱文）
鄭貽林印（白文）
登如（朱文）

中央研究院臺灣史研究所典藏

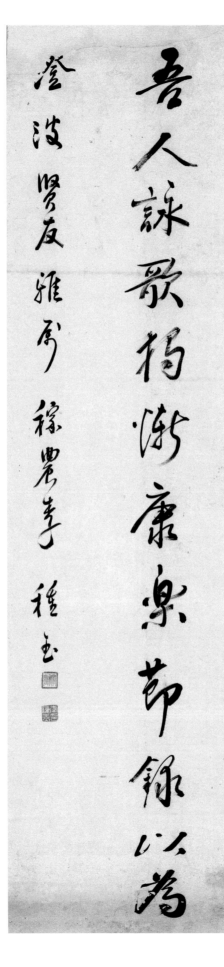

以文章會桃李之芳園序天倫
之樂事群季俊秀皆為惠連

吾人詠歌揭衡康樂節錄以為
澄波賢友雅存　稼農李子　稚山

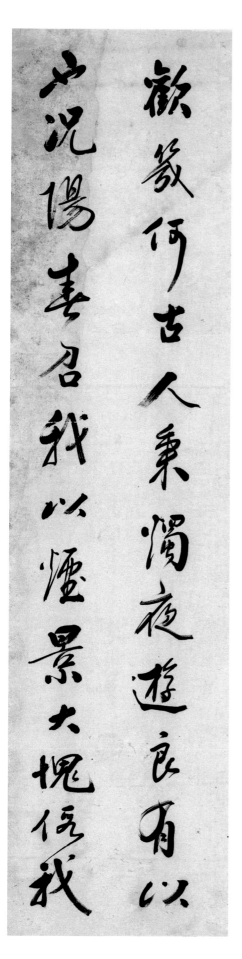

李白・春夜宴
桃李園序（部分）
Li Bai -Banquet at the Peach and Pear Blossom Garden on a Spring Evening (part)

李種玉（1856-1942）
臺北人，與林清敦等創設「鷺州吟社」。李氏精書善文，臺北寺廟楹聯，有不少出自其手。

紙本水墨　150×38.5cm
年代不詳

文：
夫天地者萬物之逆旅也光陰
者百代之過客也而浮生若夢爲

歡幾何古人秉燭夜游良有以
也況陽春加我以煙景大塊假我

以文章會桃花之芳園序天倫
之樂事群季俊秀皆爲惠連

吾人詠歌獨慚康樂　節錄以爲

款：
澄波賢友雅屬　稼農李種玉

印：
稼農（朱文）
李種玉印（白文）

螃蟹四條屏
Crab Four Screen

陳存容
紙本水墨　117×32.5cm
1917

款：
和靖有詩傳郭索
畢公無酒想金花
子涵

印：
子涵（朱文）
陳存容（白文）

款：
斗海龍處也橫行
時在丁巳春之天，
以應
澄波仁兄大人雅屬
弟陳存容寫

印：
子涵（朱文）
陳存容（白文）

款：
肥時恰是稻花香，
公子同情愛酒嘗。
時丁巳，子涵

印：
子涵（朱文）
陳存容（白文）

款：
未看水與爬沙處，
先聽橫行剪草聲
時在丁巳　子涵

印：
子涵（朱文）
陳存容（白文）

凡議婚姻當先察其壻與婦之性行及家法
如何勿苟慕其富貴苟壻苟賢矣令雖貧賤安
知後日不富貴壻苟不肖令雖富貴安知異
日不貧賤至於娶婦慕一時之富貴而娶之
彼挾其富貴鮮有不輕其夫而傲其姑者
異日為患庸有極乎
崔永安田文待語法
同
楊福臻

百日省一日不省
則一日之費與百
日不省同百事節
則百事節一事
不節則一事
之耗與百事不節
財之流
邵松年書

貧者入一錢出不及一
錢雖貧亦富富者入千
錢出不止千錢雖富亦
勤故開財之源不如節
敗家者也
林紹年書

婦人之言不可聽信
妾婢之言更不可聽
信
陳璚熒書

勤而不儉譬如漏巵雖滿積
而亦無所存儉而不勤譬如
石田雖謹守而亦無所獲能
勤能儉創家者也亦不勤不儉
敗家者也

想到沒得穿時
便是破衣也好
而空即偉而獲勝而懍
入悸出終歸烏有何述
要穿好的沒了

想到沒得喫時
便是齏粥也好
到了喫齏粥時
又有雜糧乾的沒了
而不悟耶
裴維俠書

鎮海余春源運判得此於金陵愛其語實益人身心且明白
易曉雅俗皆宜屬武林李君抱山略為刪潤丐余繕寫成幅鑴揭
流布俾各懸諸座右以資警省善與人同之意殊足多也趙
佑宸并識於京師右趙粹甫廷尉所刻格言日久板沔秀文主人
又浼翰苑諸君分寫重付剞劂則先輩勒世之心既可流布遠近
且以作後學楷法云徐桐識
光緒丙戌十一月戴以元書
山左曹鴻勛書

賭之一事為害甚矣雖
有萬金家產不難一夕
精神廢爾事業一時
高興便爾成癖受
累終身悔之無及

鴉片煙不可吸損
陳璚熒書
湯子冲書

嚴以律己有不是痛自刻責
寬以待人人有不是無庸苛求
磊吾蔣式芬書於砥碧軒

律己者當於無過中求
有過非獨進德亦且以
免怨待人者當於有過
中求無過非獨存仁亦
且以免怨 華輝書

居貧不節省則貧無了期
處富好奢華則富難永保
丙戌小陽月大梁鄭恩賀書

若要好兒孫須方
寸中時時放寬一
時悔閒時悔不做
世務上件件喫虧

富時不儉貧時
悔少時不學老
時悔各循其職
忙時悔醉時失
言醒時悔 王廉書

子弟須知禮法冠昏喪祭無失
其儀子弟須習事業士農工商
各循其職 胡景桂書

三分 陳興周

門內有君子門外有小人門外有小人至
君子擇而後交故寡過小人交而後擇故多怨君子
固當親亦不可曲為附和小人固當遠亦不可顯為
仇敵待小人宜寬防小人宜嚴
崇仁謝希盦

福不可言盡話
不可說盡利不
可占盡財不可
用盡 徐琪書

耐貧賤不作寒酸語耐患難不作
念激語耐是非不作辨白語耐煩
惱不作愁苦語 李葆實書

小忍受小益大忍受大益
大事化為小事有事化為
無事 吳同甲書

寬卻多少懷抱
忍卻多少著力俀
好受不過耐心
傻了能忍能受
省卻多少煩惱
馬吉樟書

格言（一～四）
Motto

蔣式芬、王仁堪、吳樹梅等

紙本印刷　129 × 31.5cm
年代不詳

按：
此四件爲聯屏，第二屏嘉義
市政府轉贈中央研究院臺灣
史研究所典藏

精神者事業之
根不荒於色則
精神固志氣清
精神者之本不涵
功名之本不涵
於酒則志氣清

侍人以寬一介爲福利
己之基處世以
讓一步爲高退步乃進
步之基
劉恩溥

顯姓揚名即是敬宗尊
祖安分守己便爲孝子
順孫
蔣艮書

謹小慎微則終
身無失輕舉妄
動則一事無成
王韶鑒

凡人當親密時
不可以私褻語
告之恐一朝失
歡則前言難悔
而人當失歡時
亦不可以過頭
語加之恐一朝
復好則前言可
則庶人之子爲公卿不學則
公卿之子爲庶人
高劍中書

人當爲子孫造福不當爲子孫求福積
金以遺子孫子孫未必能守積書以遺
子孫子孫未必能讀不如積德以遺子
孫能使子孫受福
黃思永

養而不教是不愛其子也教
而不嚴是亦不愛其子也學
防順口言靜思
小心忙裏錯謹
子孫子孫未必能讀不如積德以遺子

刻薄事不可行
便宜話不可說
章安楊晨

宜讓人勿使人讓我宜
容人勿使人容我宜
人欺勿使人欺我宜
受人氣勿使人受我氣
見人之善則稱揚不已
見人之過則絕口不言
自謙則人愈服自詡則
人愈憎我恭可以平人
之怒氣我貪必致啟人
之爭就
吳樹梅漫筆

我本薄福
人宜行厚
德事我本
薄德人宜
行厚福事
之不合理卜之
霍爲楪書

富貴福壽之應不必當時知
之早於其居家行事之合理
知己心更難測人皆
言人心不平不知己
心更不平故君子必
自反
高廣愚書

存心要公平行事要忠厚居必擇鄰交必擇友治家以勤
儉爲先待人以謙和爲首遠不義之財戒過量之酒官糧
須要早完祖業務當謹守常思已往之愆時防未來之咎
若能行之終身必爲天地所祐
管廷獻書

愧
李翠寶鐫

必待有餘而後濟人恐終身無濟
人之日必待有暇而後讀書恐終
身無讀書之時
餘杭諸成博書

只如此已爲過分
要怎樣纔是稱心
伯題馮汝騤書

不交財帛看不出
人心好歹不遇患
難顯不出人品高
低
常熟楊崇乡

面諛之詞知之者未必感情
肯背之語怨之者常至刻骨
凡一事而關人名節縱親見
確聞不可出口凡一語而傷
我忠厚雖間談戲謔切勿輕
言不談人過厚道也不辨己
何不以愛妻
人莫不愛妻
何不以愛子
人莫不愛子
之心事其父
之心事其母
劉綸襄書

人背言人心難測不
知己心更難測人皆
非高見也
黃國經錄

能知足便不辱能
親戚明神能教子延宗祀能勤儉家
殃免能謙和吉祥多
徐會澧

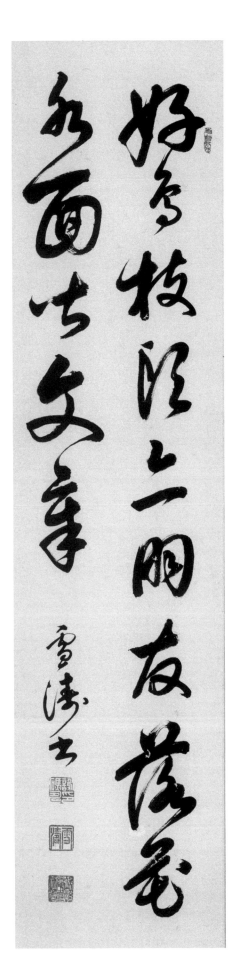

翁森・四時讀書樂（部分）
Weng Sen - The Delights of Reading in All Seasons (part)

謝雪濤（生卒年不詳）
臺灣人，曾入選全國書道展（參閱《臺灣日日新報》日刊 7 版，1937.12.5）

紙本水墨　131 × 33cm
年代不詳

文：
好鳥枝頭亦朋友
落花水面皆文章

款：
雪濤書

印：
一片冰心（朱文）
謝碼壽印（白文）
雪濤（朱文）
端溪石硯宣城管（朱文）

中央研究院臺灣史研究所典藏

李嘉祐詩句
Li Jia-you's Poem

陳紫薇（1919-1998）
紙本水墨　108×32cm
1936

文：
千峯鳥路含梅雨五月
蟬聲送麥秋

款：
十七才　陳氏紫薇

私人收藏

春風秋月
Spring Breeze and Autumn Moon

陳碧女（1924-1995）
紙本水墨　120 × 47cm
1936

文：
春風秋月

款：
十二才　陳氏碧女

私人收藏

川流不息
The Stream Flows without Stopping

陳重光
紙本水墨　121.4 × 34cm
1936

文：
川流不息

款：
十才　陳重光

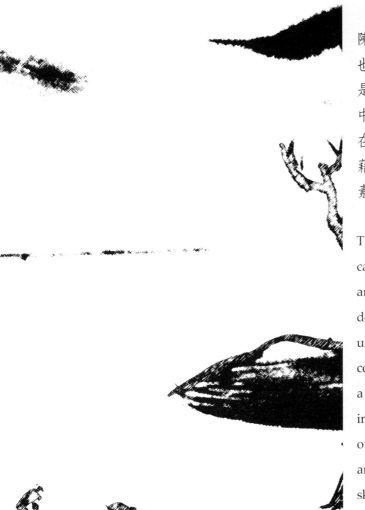

陳澄波雖不以書法名世，但是對於書法學習卻也非常重視。線條美感，對書畫藝術而言，正是來自書法的練習與體認。顯然在他一生經歷中，書法並不只是在學校受教時的經歷，而是在他一生繪畫創作中不可忽略的一股重要影響。藉由學生時期的書法、水墨作品以及他的淡彩素描及油畫作品，去挖掘他對線條的認識方法。

Though Chen Cheng-po was not known for his calligraphy, he gave high priority to the learning of this art form. In calligraphy and ink-wash art, the ability to demonstrate line esthetics comes from the practice and understanding of calligraphy. It is obvious that, in the course of Chen Cheng-po's life, calligraphy was merely a subject he learned in school, but was an important influence in his lifelong painting career that cannot be overlooked. Here we present his calligraphic works and ink paintings from school days and his watercolor sketching and oil paintings to examine how he understood the lines.

線條演繹
線描與擦筆

Interpretation of Lines
Drawing and Brushstroke

朱柏盧先生治家格言
Master Chu's Homilies for Families

陳澄波

書法　136.7 × 68cm
年代不詳

文：

朱柏盧先生治家格言

黎明即起，灑掃庭除，要內外整潔。既昏便息，關鎖門戶，必親自檢點。一粥一飯，當思來處不易；半絲半縷，恒念物力維艱。宜未雨而綢繆，毋臨渴而掘井。自奉必須儉約，宴客切勿留連。器具質而潔，瓦缶勝金玉；飲食約而精，園蔬勝珍饈。勿營華屋，勿謀良田。三姑六婆，實淫盜之媒；婢美妾嬌，非閨房之福。童僕勿用俊美，妻妾切忌豔妝。祖宗雖遠，祭祀不可不誠；子孫雖愚，經書不可不讀。居身務期質樸，教子要有義方。勿貪意外之財，勿飲過量之酒。與肩挑貿易，勿佔便宜；見貧苦親鄰，須多溫恤。刻薄成家，理無久享；倫常乖舛，立見消亡。兄弟叔侄，須分多潤寡；長幼內外，宜法肅辭嚴。聽婦言，乖骨肉，豈是丈夫？重貲財，薄父母，不成人子。嫁女擇佳婿，毋索重聘；娶媳求淑女，毋計厚奩。見富貴而生讒容者，最可恥；遇貧窮而作驕態者，賤莫甚。居家戒爭訟，訟則終凶；處世戒多言，言多必失。毋恃勢力而凌逼孤寡，勿貪口腹而恣殺生禽。乖僻自是，悔誤必多；頹惰自甘，家道難成。狎昵惡少，久必受其累；屈志老成，急則可相依。輕聽發言，安知非人之譖訴，當忍耐三思；因事相爭，安知非我之不是，須平心暗想。施惠勿念，受恩莫忘。凡事當留餘地，得意不宜再往。人有喜慶，不可生妒忌心；人有禍患，不可生喜幸心。善欲人見，不是眞善；惡恐人知，便是大惡。見色而起淫心，報在妻女；匿怨而用暗箭，禍延子孫。家門和順，雖饔飧不繼，亦有餘歡；國課早完，即囊橐無餘，自得至樂。讀書志在聖賢，非徒科第；爲官心存君國，豈計身家？守分安命，順時聽天。爲人若此，庶乎近焉。

款：穎川陳慶瀾錄

鄭文公碑（部分）
Calligraphy

陳澄波
書法　29 × 64.6cm
1924-1925

文：
常卿、濟南貞公。祖溫，道愶儲端，燕太
子瞻事。父曄，仁結義徒，績著寧邊，拜
建威將軍。

款：師一，陳澄波

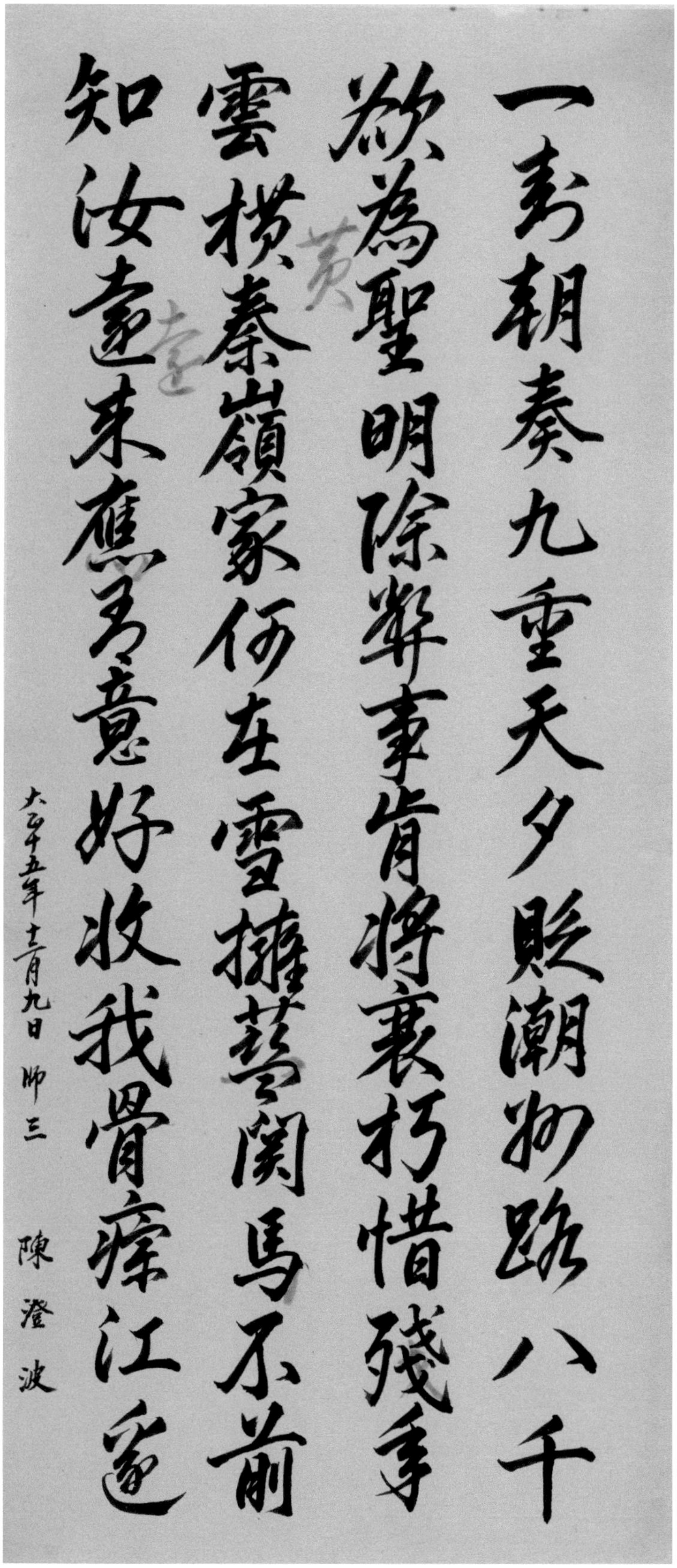

韓愈・左遷至藍關
示姪孫湘
Calligraphy

陳澄波
書法　65×29cm
1926

文：
一封朝奏九重天，夕貶潮州路
八千。欲爲聖明除弊事，肯將
衰朽惜殘年？雲橫秦嶺家何
在？雪擁藍關馬不前！知汝遠
來應有意，好收我骨瘴江邊。

款：
大正十五年十二月九日，師
三，陳澄波

枇杷
Loquat

陳澄波
紙本設色　33 × 32.6cm
年代不詳

漁村
Fishing Village

陳澄波
紙本水墨　32 × 33.5cm
1924-1925

臥姿裸女
Lying Nude

陳澄波
紙本淡彩鉛筆　26.5 × 36.5cm
1932

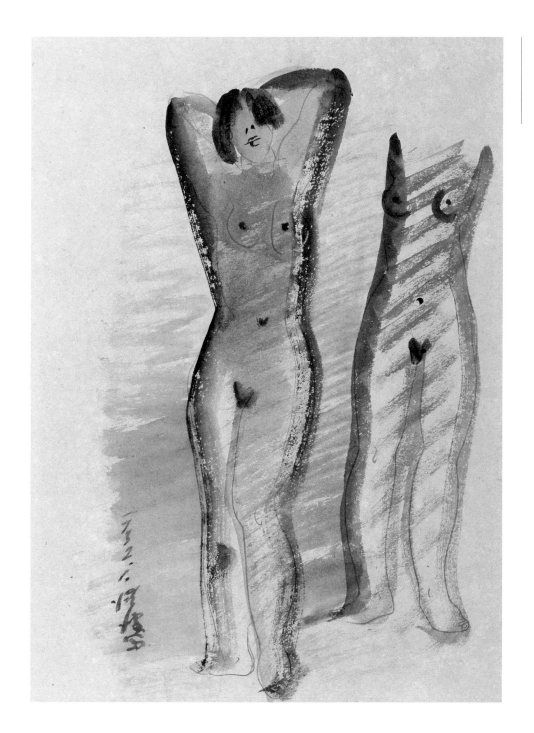

立姿裸女
Standing Nude

陳澄波
紙本淡彩鉛筆　36.3 × 26.5cm
1932

人物
Figure

陳澄波
紙本淡彩鉛筆　37 × 28.5cm
1932

立姿裸女
Standing Nude

陳澄波
紙本淡彩鉛筆　36.3 × 26.5cm
1932

人物
Figure

陳澄波
紙本淡彩鉛筆   36.5 × 26.5cm
1932

人物
Figure

陳澄波
紙本淡彩鉛筆　36 × 26cm
1932

立姿裸女
Standing Nude

陳澄波
紙本淡彩鉛筆   36.5 × 26.5cm
1932

城隍祭典餘興
City God Festival Entertainment

陳澄波

紙本淡彩鉛筆　36.5 × 26.5cm
1993

立姿裸女
Standing Nude

陳澄波

紙本淡彩鉛筆　37 × 28cm
年代不詳

立姿裸女
Standing Nude

陳澄波
紙本淡彩鉛筆　36 × 26.5cm
年代不詳

坐禪
Sitting Meditation

陳澄波
畫布油彩　27 × 27cm
1993

月夜
A Moonlit Night

陳澄波
紙本油彩　29.5 × 21cm
年代不詳

諸羅文風——
氛圍與交友

Artistic Circles in Chiayi:
Atmosphere and Friendship

1933 年 6 月，陳澄波返回嘉義，雖近不惑之年，但在鄉人的眼中，仍然是一位文化英雄，也因此有不少受到他鼓舞而陸續在藝壇上有所成就，作為嘉義士紳，與許多漢學素養深厚（特別是嘉義地方）的士紳、文人，往來密切，在其家藏書畫中可見許多名人的字畫。如徐杰夫、林玉書、林玉山、羅峻明、蘇友讓等人嘉義地區藝術家的書畫作品。

In June 1933, Chen Cheng-po returned to Chiayi. Though almost 40 years old, he was still a cultural hero in the eyes of his fellow folks in the area, many of whom were inspired by him and had subsequently made a name for themselves in the art circle. As a member of the Chiayi gentry, he had a close association with his fellow gentry and intellectuals who were well-read in Chinese studies (particularly those from the Chiayi area). This is evidenced by the many scrolls of calligraphy and painting from famous people in his family collection, including the works of Chiayi artists such as Hsu Chieh-fu, Lin Yu-shu, Lin Yu-shan, Lo Chun-ming, and Su Yu-jang.

朱柏廬先生治家格言
Master Chu's Homilies for Families

羅峻明（1872-1938）
嘉義人，為臺灣日治時期的書法家，其書法楷、行、隸、篆均獨樹一格。

紙本水墨　136.8 × 66.4cm
1921

文：
朱柏廬先生治家格言
黎明即起，灑掃庭除，要內外整潔。既昏便息，關鎖門戶，必親自檢點。一粥一飯，當思來處不易；半絲半縷，恆念物力維艱。宜未雨而綢繆，毋臨渴而掘井。自奉必須儉約，宴客切勿留連。器具質而潔，瓦缶勝金玉；飲食約而精，園蔬勝珍饈。勿營華屋，勿謀良田。三姑六婆，實淫盜之媒；婢美妾嬌，非閨房之福。童僕勿用俊美，妻妾切忌豔妝。祖宗雖遠，祭祀不可不誠；子孫雖愚，經書不可不讀。居身務期質樸，教子要有義方。勿貪意外之財，勿飲過量之酒。與肩挑貿易，勿佔便宜；見貧苦親鄰，須多溫恤。刻薄成家，理無久享；倫常乖舛，立見消亡。兄弟叔姪，須分多潤寡；長幼內外，宜法肅辭嚴。聽婦言，乖骨肉，豈是丈夫？重資財，薄父母，不成人子。嫁女擇佳婿，毋索重聘；娶媳求淑女，毋計厚奩。見富貴而生讒容者，最可恥；遇貧窮而作驕態者，賤莫甚。居家戒爭訟，訟則終凶；處世戒多言，言多必失。毋恃勢力而凌逼孤寡，勿貪口腹而恣殺生禽。乖僻自是，悔誤必多；頹惰自甘，家道難成。狎昵惡少，久必受其累；屈志老成，急則可相依。輕聽發言，安知非人之譖訴，當忍耐三思；因事相爭，安知非我之不是，須平心暗想。施惠勿念，受恩莫忘。凡事當留餘地，得意不宜再往。人有喜慶，不可生妒忌心；人有禍患，不可生喜幸心。善欲人見，不是真善；惡恐人知，便是大惡。見色而起淫心，報在妻女；匿怨而用暗箭，禍延子孫。家門和順，雖饔飧不繼，亦有餘歡；國課早完，即囊橐無餘，自得至樂。讀書志在聖賢，非徒科第；為官心存君國，豈計身家？守分安命，順時聽天。為人若此，庶乎近焉。
辛酉初秋之月
澄波仁兄大人雅正

款：
省吾羅峻明錄

印：
聊樂（白文）
羅峻明印（白文）
豫章後人武巒波臣鄰友之印（朱文）

書法
Calligraphy

羅峻明（1872-1938）
嘉義人，為臺灣日治時期的書法家，
其書法楷、行、隸、篆均獨樹一格。

紙本水墨　131×31cm
年代不詳

文：
龍虎皆綠益青山

款：
羅峻明書

印：
羅峻明印（白文）
豫章後人武巒波臣鄰友之印（朱文）

中央研究院臺灣史研究所典藏

按：此為香篆體

李白 · 清平調
Li Bai -Qing Ping Diao

張守艮
紙本水墨　125.2 × 44.2cm
1930

文：
雲想衣裳花想容，春風拂檻露華濃。
若非群玉山頭見，會向瑤臺月下逢。
一枝紅艷露凝香，雲雨巫山枉斷腸。
借問漢宮誰得似？可憐飛燕倚新粧。
名花傾國兩相歡，常得君王帶笑看。
解釋春風無限恨，沈香亭北倚欄檻。

款：
庚午錄唐詩一首以爲喜祝陳君耀棋新
婚　謙光

印：
張守艮印（白文）
字謙光號靜山（朱文）
讀書常自樂（朱文）

畫中八仙歌（一）
A Song for Eight Artists (1)

林玉書（1882-1965）
嘉義人，字臥雲，號香亭，又號
六一山人。參加嘉義各種詩社，詩
書畫俱佳，尤善繪松竹。

紙本水墨　119.4 × 40.9cm
1933

文：
畫中八仙歌
澄波作畫妙入神，名標帝展良有因。
玉山下筆見天真，匠心獨運巧調均。
凌犖應許寫功臣，清蓮淡描會精勻。
味同飲水不厭頻，苕亭潑墨求推陳，
畢生憂藝不憂貧，毋須設色稱奇珍，
德和女史意出新，巧繪蓮蕙質彬彬，
畫梅時與竹為鄰，一枝點綴十分喜，
秋禾年少藝絕倫，海國汪洋獲錦麟。
雲友寫景超凡塵，幽邃直欲闢荊榛，
或花或鳥或山水，傳煙傳缽與傳薪，
此日大羅欣聚會，宛同高鳳並騎麟，
強看藝運蒸蒸上，後起錚錚代有人。

款：
癸酉季秋明治節
臺灣美術展開催迨至本秋經第七回
我嘉畫家榮獲第一回入選首屆陳君
此後年年增員本年德和女史又畫粉
蓮入選合而數恰好八人發賦短歌藉
資紀念
澄波先生大人法正
武巒林臥雲撰并書

印：
詩中有畫（朱文）
臥雲（白文）
林玉書印（朱文）

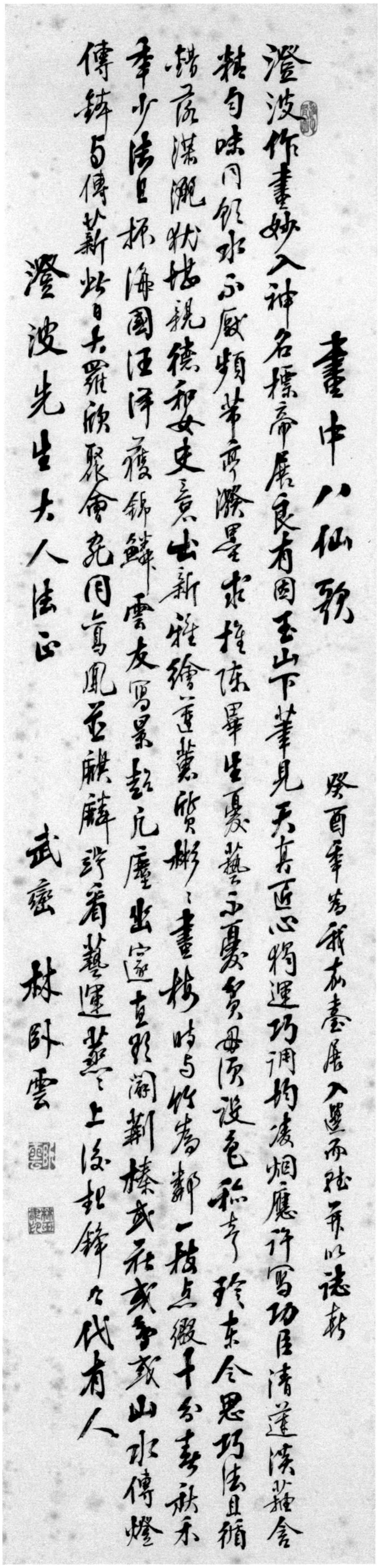

畫中八仙歌（二）
A Song for Eight Artists (2)

林玉書（1882-1965）
嘉義人，字臥雲，號香亭，又號六一山人。參加嘉義各種詩社，詩書畫俱佳，尤善繪松竹。

紙本水墨　137.5 × 34cm
1933

文：
畫中八仙歌
癸酉年爲我嘉臺展入選而賦并以誌喜
澄波作畫妙入神，名標帝展良有因。
玉山下筆見天眞，匠心獨運巧調均。
凌擧應許寫功臣，清蓮淡描會精勻。
味同飲水不厭頻，苕亭潑墨求推陳，
畢生憂藝不憂貧，毋須設色稱奇珍，
德和女史意出新，巧繪蓮蕙質彬彬，
畫梅時與竹爲鄰，一枝點綴十分喜，
秋禾年少藝絕倫，海國汪洋獲錦鱗。
雲友寫景超凡塵，幽邃直欲鬪荊榛，
或花或鳥或山水，傳煙傳缺與傳薪，
此日大羅欣聚會，宛同高鳳並騎麟，
強看藝運蒸蒸上，後起錚錚代有人。

款：
澄波先生大人法正
武巒林臥雲

印：
詩中有畫（朱文）
臥雲（白文）
林玉書印（朱文）

中央研究院臺灣史研究所典藏

澄波先生
善寫油畫西
畫名家名
執教於滬
上嘗慨藝
術不振於
余有同感
故題此以
名其室冀
挽狂瀾於
一年歲乙亥
重九日老嫌
秋圃并識
古諸羅寓邸

挽瀾室
Wan Lan Study

曹容（1895-1993）
臺北人，致力於書法國學教育八十餘年，
弟子遍布海內外，對於臺灣國學書法發展
貢獻匪淺。

紙本水墨　22.5 × 121.2cm
1935

文：
挽瀾室

款：
澄波先生為吾臺西畫名家，曾執教於滬上。
嘗慨藝術不振。於余有同感。
故題此以名其室冀挽狂瀾于萬一耳。
歲乙亥重九日老嫌秋圃并識古諸羅寓邸。

印：
艮唯晚節（朱文）
曹容字秋圃（白文）
老嫌（朱文）

1935 年重陽節曹秋圃先生（左四）惜別紀念照。前排左一為張李德和；
二排左一為張錦燦、左四為陳澄波。

水社海襟詠之一
Ode to the Shueishehai (Part I)

曹容（1895-1993）
臺北人，致力於書法國學教育八十餘年，
弟子遍布海內外，對於臺灣國學書法發展
貢獻匪淺。

紙本水墨　135.6 × 33cm
年代不詳

文：
一盤盤上逐飛颻，摩托周於未敢驕。
舉首看山煙過眼，不知野菜是芭蕉。
水社海襟詠之一

款：
曹容秋圃

印：
艮唯晚節（朱文）
曹秋圃印（白文）
菊癡（朱文）

壽山福海
Longevity and Good Fortune

張李德和（1893-197）
雲林人，字連玉，號羅山女史、琳瑯山閣主人，亦曾自署襟亭主人、逸園主人。
1910 年畢業，先後任教於斗六公學校、西螺公學校、嘉義公學校。

紙本水墨　40.2 × 150.9cm
1943

文：
壽山福海

款：
癸未初春
羅山女史連玉

印：
羅山女史德和（白文）
琳琅山閣主人（朱文）

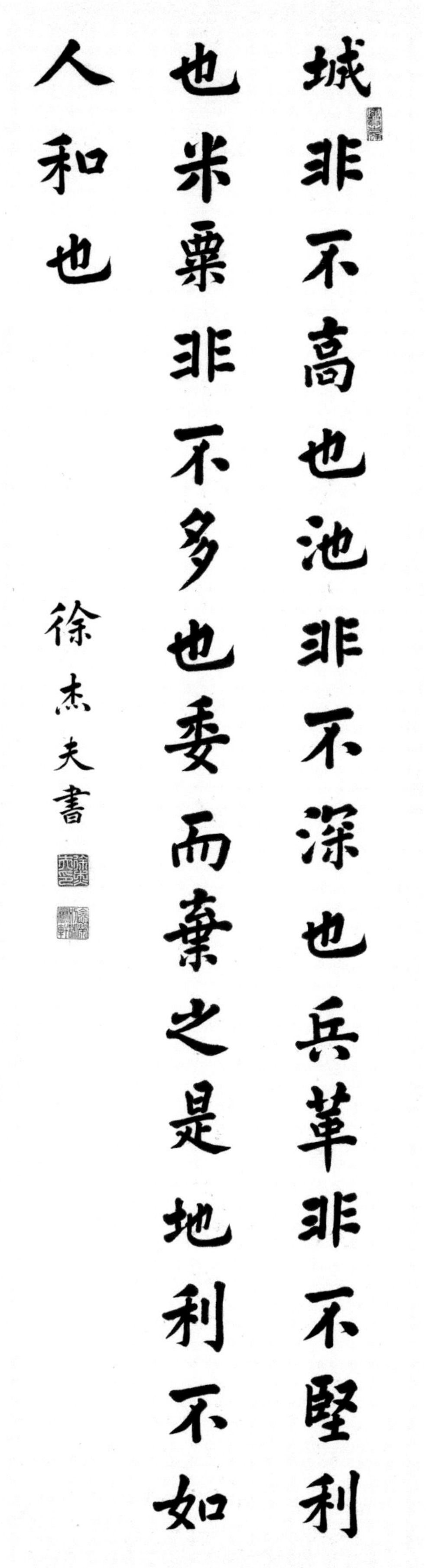

城非不高也池非不深也兵革非不堅利也米粟非不多也委而棄之是地利不如人和也

徐杰夫書

孟子 · 公孫丑下（部分）
Mencius - Gong Sun Chou II (part)

徐杰夫（1873-1959）
嘉義人，好詩文，善奕棋，係嘉義羅山
吟社社員，經常詩酒唱酬。

紙本水墨　136.2 × 35.8cm
年代不詳

文：
城非不高也，池非不深也，
兵革非不堅利也，米粟非不多也，
委而去之，是地利不如人和也

款：
徐杰夫書

印：
富貴吉祥（朱文）
徐杰夫印（白文）
念榮別號楸軒（朱文）

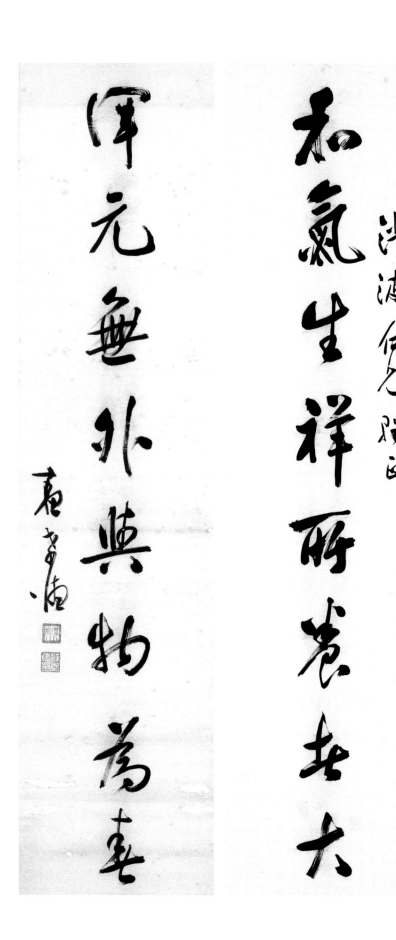

書法對聯
Calligraphy Couplet

蘇孝德（1879-1941）
嘉義人，字朗晨，號櫻村。嫻習書聖王
羲之書體，善行草、詩文與燈謎。

紙本水墨　137×34cm
年代不詳

文：
和氣生祥所養者大
渾元無外與物爲春

款：
澄波仁兄雅正
蘇孝德

印：
一片冰心（朱文）
櫻村（朱文）
蘇孝德印（白文）

中央研究院臺灣史研究所典藏

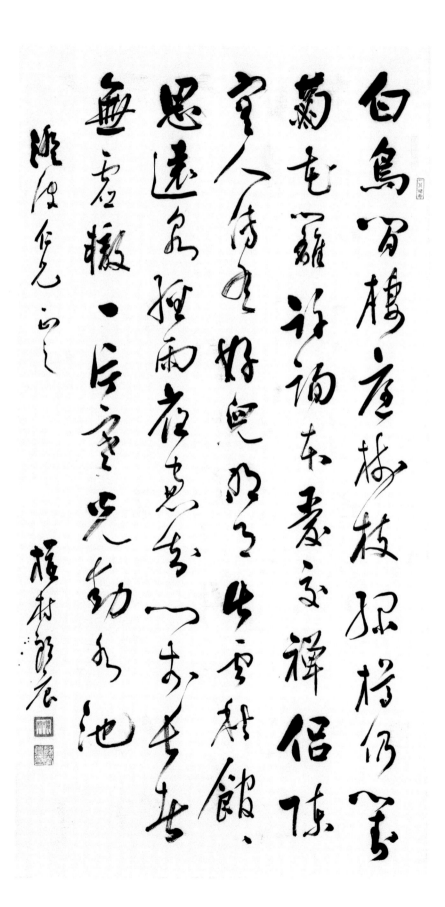

書法
Calligraphy

蘇孝德（1879-1941）
嘉義人，字朗晨，號櫻村。嫻習書聖王
羲之書體，善行草、詩文與燈謎。

紙本水墨　132.4 × 67.4cm
年代不詳

文：
白鳥閒棲庭樹枝，綠樽仍對菊花籬，
許詢本愛交禪侶，陳寔由來是好兒，
明月出雲秋館思，遠泉經雨夜富知，
門前長者無虛轍，一片寒光動水池。

款：
澄波仁兄正之
櫻村朗晨

印：
一片冰心（朱文）
櫻村（朱文）
蘇孝德印（白文）

七言對聯
Seven Words Couplet

蘇友讓（1883-1945）
嘉義人，為嘉義木材商人，也
投入詩詞、書法、繪畫創作，
為「嘉社」、「鴉社書畫會」
會員。

紙本水墨
136.3 × 33.2cm
136.7 × 33.2cm
年代不詳

文：
董宣處世稱廉節
藕綍傳家讀孝經

款：
東寧逸叟臨書

印：
蘇友讓印（白文）
得五（朱文）
天馬行空（白文）

太平洋上列城漕海國男兒意氣豪
寄語鯨鯢休跋扈旭旗映處息風濤
帝國艦隊臨高雄有感　蘇友讓

帝國艦隊臨高雄有感
Thoughts on Imperial Fleet's Coming to Kaohsiung

蘇友讓（1883-1945）
嘉義人，為嘉義木材商人，也投入詩詞、
書法、繪畫創作，為「嘉社」、「鴉社
書畫會」會員。

紙本水墨　136×34cm
年代不詳

文：
太平洋上列城漕，海國男兒意氣豪。
寄語鯨鯢休跋扈，旭旗映處息風濤。

款：
帝國艦隊臨高雄有感　蘇友讓

印：
鶴聽棋（白文）
得五（朱文）
蘇友讓印（白文）

讀乃木將軍西南戰役書後
After Reading General Nogi's Letter on the Southwest Campaign

蘇友讓（1883-1945）
嘉義人，為嘉義木材商人，也投入詩詞、書法、繪畫創作，為「嘉社」、「鴉社書畫會」會員。

紙本水墨　136.2 × 33.5cm
年代不詳

文：
引責知難免延生體聖衷
殊恩何以報盡在不言中

款：
讀乃木將軍西南戰役書後 蘇友讓

印：
俯仰不愧天地（朱文）
得五（朱文）
蘇友讓印（白文）

中央研究院臺灣史研究所典藏

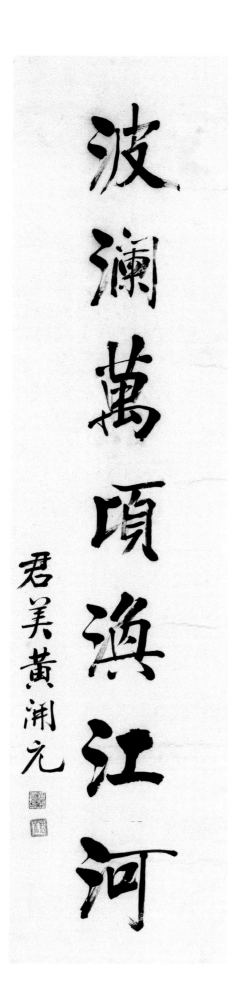

藏頭對聯
Acrostic Couplet

黃開元
紙本水墨　32.5 × 131cm
年代不詳

文：
澄月一輪光世宇
波瀾萬頃渙江河

款：
澄波賢棣清玩
君美黃開元

印：
黃開元印（白文）
君美（朱文）

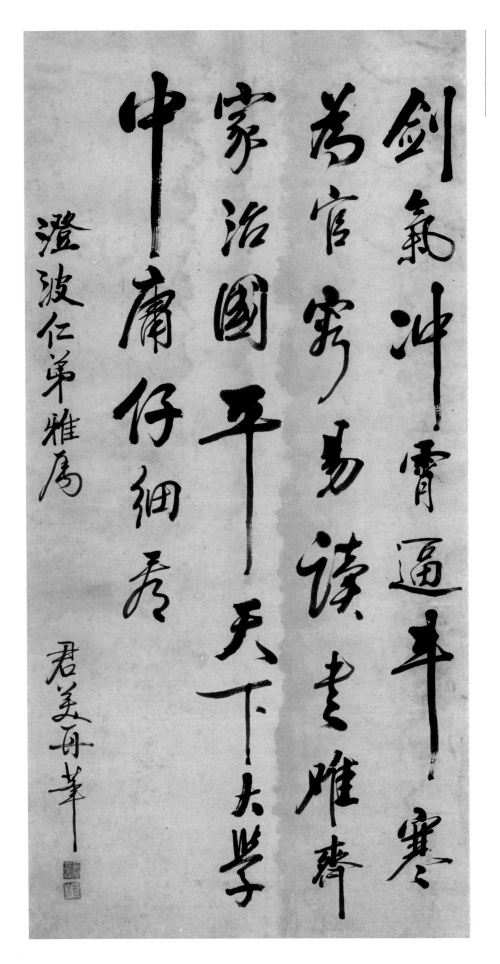

書法
Calligraphy

黃開元
紙本水墨　131.6 × 65.7cm
年代不詳

文：
劍氣後宵逼斗寒
為官容易讀書難
齊家治國平天下
大學中庸仔細看

款：
澄波仁弟雅屬
君美再筆

印：
黃開元印（白文）
君美（朱文）

中央研究院臺灣史研究所典藏

竹林與水牛
Bamboo and Buffalo

林玉山（1907-2004）
嘉義人，本名林金水，後更名為英貴，
號雲樵子、諸羅山人、桃城散人。
1927年入選「臺展」第一屆東洋畫部
時，不過19歲，與陳進、郭雪湖被
稱為「臺展三少年」。其後林玉山連
續入選臺展。1940年加入臺陽美術協
會。後來任教於嘉義中學、靜修女中
與臺灣師範大學。

紙本水墨　133×38.5cm
1926

款：
此畫乃五十三年前初以水墨寫生風景之
試作，自覺無筆無墨，稚拙異常。難得
重光君保存不廢，於今重見，感慨之餘
記數語以留念。
時己未孟夏，玉山。

印：
英貴印（朱文）

竹石習作（一）
Bamboo and Rock (1)

林玉山（1907-2004）
嘉義人，本名林金水，後更名為英貴，
號雲樵子、諸羅山人、桃城散人。
1927 年入選「臺展」第一屆東洋畫部
時，不過 19 歲，與陳進、郭雪湖被稱
為「臺展三少年」。其後林玉山連續入
選臺展。1940 年加入臺陽美術協會。
後來任教於嘉義中學、靜修女中與臺灣
師範大學。

紙本水墨　98.5 × 31cm
1926

私人收藏

竹石習作（二）
Bamboo and Rock (2)

林玉山（1907-2004）

嘉義人，本名林金水，後更名為英貴，號雲樵子、諸羅山人、桃城散人。

1927年入選「臺展」第一屆東洋畫部時，不過19歲，與陳進、郭雪湖被稱為「臺展三少年」。其後林玉山連續入選臺展。1940年加入臺陽美術協會。後來任教於嘉義中學、靜修女中與臺灣師範大學。

紙本水墨　98.5×31cm
1926

款：
丙寅年於川端繪畫學校學畫時之習作
己未初秋　桃城人玉山記

印：
玉山（朱文）

私人收藏

紫藤
Wisteria

林玉山（1907-2004）
嘉義人，本名林金水，後更名為英貴，
號雲樵子、諸羅山人、桃城散人。
1927 年入選「臺展」第一屆東洋畫部
時，不過 19 歲，與陳進、郭雪湖被稱
為「臺展三少年」。其後林玉山連續入
選臺展。1940 年加入臺陽美術協會。
後來任教於嘉義中學、靜修女中與臺灣
師範大學。

紙本設色　123.4 × 30.8cm
1926

款：
時丙寅夏月寫於東都夜半橋之靜處
毓麟先生雅正
立軒林英貴學作

印：
文明（朱文）
立軒（朱文）

中央研究院臺灣史研究所典藏

蔬果圖
Vegetables

溪山道人
紙本設色　128.4 × 30.5cm
1926

款：
深□□秀□
丙寅夏月爲毓麟先生正之
溪山道人作

印：
元畫 (朱文)
立 (朱文)
（以上兩印爲畫印）

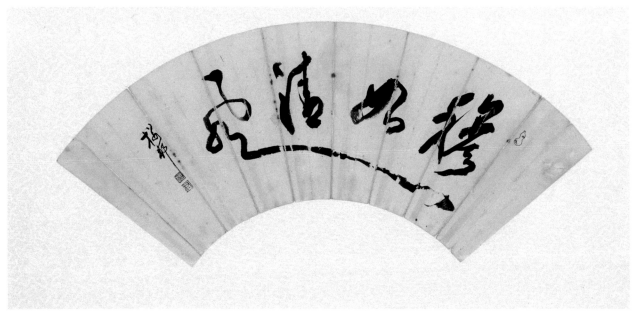

墨荷書法扇
Ink Lotus and Calligraphy Fan

蔡麗邨（生卒年不詳）
福建泉州人，字碧濤、琴石山人。民初
來台，居新竹。喜繪南宗樹木花果。

紙本水墨　20.8×47cm
年代不詳

上：
款：
澄波先生教正
碧濤畫於羅山客次

印：
德芳畫印（白文）
麗邨（朱文）

下：
文：
穆如清風

款：
櫻村

印：
山人(朱文)、櫻（白文）
村（朱文）

月梅圖
Moon and Plum Blossom

蔡麗邨（生卒年不詳）
福建泉州人，字碧濤、琴石山人。民初
來台，居新竹。喜繪南宗樹木花果。

紙本設色　135 × 33.5cm
1936

款：
疏影橫斜水淺清，暗香淳動月黃昏
丙子夏碧濤畫

印：
德芳畫印（白文）
麗邨（朱文）
琴石山人（朱文）
濟陽後人（白文）

幽蘭
Orchid

葉鏡鎔（1876-1950）
新竹人，善繪竹蘭，書法表現亦頗可觀。
1918 年起葉氏活躍於藝壇，屢次獲邀
參加《臺灣日日新報》之「臺日名家紙
上書畫展」

紙本水墨　115×33.5cm
年代不詳

款：
滿室幽香
花氣襲人
漢卿

印：
葉鏡鎔印（白文）
漢卿（朱文）
萬物靜觀皆自得（白文）（下方殘）

菊花書畫扇
Chrysanthemum and Calligraphy Fan

徐慶瀾
湖北文人，曾於 1924 年來臺遊歷

紙本設色　20.8 × 47.8cm
1924

上：
詩骨
凌峰
黃花
比瘦
甲子年
秋月

塗鴉（朱文）

下：
大正十三年甲子夏月
上京紀念
有志竟成
澄波先生雅正
徐慶瀾

徐慶瀾（朱文）

第一室

蕃鴨　林東令氏
蕃鴨の雛の描寫は氣持よく出來てゐるが右側にある車前草の葉の裏その石黄の色が強かった爲主題の存在が侮蔑されてゐる、背中の白點は骨格の表はれてはあるがあまり白く見えて銀座の蜜龍見た樣だ

玉蜀黍　黄水文氏
畫の全體がバックの石黄と橡の黄土色の爲に壓迫されて弱く見える

春光　李德和女史
主題の通り「旭日融利、春光燦爛の氣象がよく描寫されてゐる、只だ椿の花にも少ししまりがあって欲しい。

美人、武劇　周雪峯氏

に玉山氏の畫だ。

第二室

田家　林東令氏
此の繪畫を見れば「玉山氏の雨迫前後とも紙本の墨畫で、氏の年來の出水畫としてはなかなか力作である。

既に老大家の風格の點が窺かはれる。

前後赤壁　潘春源氏

悟雨　黄水文氏
去年に比して大進歩だ。氏の語る所に依ると只今の所では技巧より眞面目に物を見て寫すことが大事だと云ふ。なかく、いい心得だ、もつと來年のを期待します。

疎林（朱帝亨氏　秋野（林玉山氏）煙雨の竹は重過ぎる。の作はいづれも枯淡幽雅の風格がある。

人物のいいことは勿論、松樹の表はし具合と父はその山岳の描法といふものは申し分がない。所が晋通の山岳の描寫としては良いが赤壁としてはどうかと思ふ。今も少しその雄大さと岩壁の巉峨の感じがある樣に出してもらひたいのである。

カンナ、水仙　楊萬枝氏
今年の新進作家で將來期待する所は山々あるが水仙よりはカンナの

薬の置いてある邊はも少し輕くあつさり扱つてもらひたい。

方がいいでせう。
以上批評は山々の樣だが要するに同會に於て著しく進步された點を見ると左記の樣である
（1）色彩はよく精錬されて來たこと
（2）作品は去年に比し傑作が多い。割合に粒の揃つへの作品であると感じた。

（一九三五、三、一五）
春光畫廊にて

陳澄波〈春萌畫展短評〉《臺灣新民報》
Review of Chun-Mon Art Exhibition

剪報　1935.3

按：〈春萌畫會短評〉，內容針對展出作品進行短評，很細緻的對每位作者作品加以記錄，並提出個人看法與見解。評述的方式是提供欣賞畫作的方向，也讓創作者有參考的指標。

春萌畫展短評

陳澄波

自然の惠、豐かなる嘉南平野から產出された春萌會は今度で第六回目の誕生である。

兼ねて聞くに、同會同人は曾の革新の爲、總會を開き今後の成行き、内容充實等の打合があつて所謂一種の新生命を表面化していきたいと云ふ考へであるからと、同、方面から漏れて聞くのである。

一方に於いては嘉義市成立以來丁度滿五週年記念祝ひの爲め、も一方に於いては領臺後始政四十週年記念臺灣博覽會が今秋に於いて大々的な催しがあると言ふことからして、此の忘れ難い今年のことであるから、同同同人は非常な熱誠と眞摯さを以て各自の血精に依つて製作された結果は、今回の畫面に於いて窺れるのである。しかも非常時の今日に於いて斯

兩方とも人物描寫が拙い、武劇の方は三國誌中の群雄割據の一部分を寫された物ですが關公の鎧、冑の模樣のみの色彩に取られて他部分との連絡が忘られてゐる。

但しその百千蟻孫と美人の方のチンコロの表現はよく出來てゐる

秋庭 潘雲山

秋庭は本回の出品中場所内に於ける大作の一つである。畫材については玉蜀黍に生蕃鴨を配してあるなかく丹念奇明の畫であるが只その事物の觀察に物足りない所がある。希くは今後も少し微細の所を叮嚀に見て頂きたいもんだ。

萌る春 吳天敏氏

左側にある虞美人草の方は餘分だらしい。全畫面の均せいが取れない。色彩の變化を與へようとすればその花を一つ二つ位その間に配在すれば結構だと思ふ。

夕暮 林玉山氏

秋夜讀書 朱芾亭氏

今迄の氏の作品と違つて或一種の新生命を與へて新しい氣分が發揮されてゐる。

寒山拾得 常久常春氏

第 三 室

月桃、殘秋 張秋禾氏

去年に比し稍々大作を出品されてゐる。色彩の精鍊は上例だ、若いだけに容易に侮られない畫家だ。

蘋桐、佛果 盧雲友氏

畫材は簡單にしてなかなか要領を得てゐる。色彩については去年に比し小奇麗でなくて、形式、内容共に充實されて來たことは何より當氏の爲に祝福する。

魚菜二題 林玉山氏

おいしさうな野菜、今將にぴんびんと跳ね起きようとする鯽等はよくその物の特徵とその性格がよく摑んでゐる。前年よりは稍々小品だがいづれも他に從隨されない傑作である。

旗杆湖夕照 新高春雪 朱芾亭氏

南畫家にならうとする氏の初志通りに實現されつ〲あるは嬉しい。新高の春雪の上牛は申分がないが全體の效果からいふと夕照の方が良いと思ふ。

美人郷には誰がした

加土米甫

美人郷として唄はれるに至つた嘉義の艶名は其の發祥の機會を何時頃のこととするか、僅か四十年足らず前の事ではあるが今日の記憶に殘つて居る人も尠くないやうだ。

元來嘉義の地に脂粉の群が這入り込んだのは明治三十年嘉義に縣廳が置かれた直後から、料理屋として怪しげな懸行燈が血醒さいで、彈藥の匂ひに世間は吹き閉ぢられて居る時代で、軍の將兵を筆頭に洋劍を腰にした人等で、一般人民共は容易に其の際に洋劍を覗ふことを許されなかつたものだ。當時これ等魔性の棲んで居た地域は補給廠の出張所を中心とした東門内の一帶で、俗に池の端と稱ばれた處、後に嘉義遊廓地域として指定された處だ。

斯かる藝術的嘉義市建設の第一恩人は前廣谷市尹であるがそれが完成は現川添市尹の努力を忘れてはならない。殊に咋秋臺展移動展を擧げたが、お客さんは言ふ迄もなく、駐屯軍の將兵を筆頭に洋劍を腰にした人等で、一面我が藝術界進步の賜であると共に市民の幸福でもある。

市内道路も廣くなつた。衞生的に美術的に改裝された事は時代の要求であらうが一面我が藝術界進步の賜であると共に市民の幸福でもある。

此の點から見れば繪畫は大いに建築界の大補助役をつとめてゐるのであつて、建物の改造に對して美術家が之を憂ふ必要はない。

建築物として賞讚すべきは市役所、稅務出張所、嘉義驛、羅山信用組合、元の柯眼科醫院等で、何れも美的見地に出發して建てられたもので、これから所謂裝飾煉瓦時代に遷る前の事ではあるが今日に至つて漸く裝飾が必要なる要素と看做されたのである。

なく島内の中堅である、進んでは東都に於て、朝鮮、中華民國の各地、に於ても彼等は臺灣青年の爲め、嘉義市民の爲めに萬丈の氣煙を吐いて吳れつゝあるのは何より嬉しい。對内、對外、斯くの如き元氣旺盛振りは讚賞すべきである。其他彫刻の蒲添生氏は目下朝倉塾に於て熱心に研究されてゐる。

文人畫としては蘭の名人徐杰夫氏、工藝彫刻品のトン智著としては林英富氏、書としては、その楷書の名將として羅峻明氏の右に出づるものはない、行書楷書は矢張り故莊伯容氏の領分で、草書の獨占名將は蘇孝德氏に限る。寫眞師の猛將は岡山氏、津本氏、陳謙臣氏の諸氏である。惜しい事には美術裝飾建築家がゐないのが殘念であつた。以上畧記憶してゐる範圍をつまんだわけである。此の隱れた詩人藝人が居ると思ふが此の位で止めやう、要するに只今擧げた人達は現在市にゐてそれぐ＼各藝に精進されてゐるのは何より嬉しい事だ。

現在市内の狀況を拜察するに二十年前に比べて長足の進步の跡が見える。舊來の家屋は殆んど無くなつて市に相應しい新建築物が立ち並んだのであるが吾々美術家の要地から云ふと、何とも言へぬ審美的な、古典的な、建築物が日に滅びて行くのはなげかばしいことである。しかし、建築家に言はせると時代の進步を誇るであらう。建物の古きは土角、臺灣煉瓦、それに木、竹材を以てしたのであるが、阿里山大森林が開拓されてから殆んど木

×

×

×

×

材を使ふやうになり、最近に至つて漸く裝飾が必要なる要素と看做されたのである。

ではなく、本島人家屋を借入れて竹や檳榔樹や雜木で間に合はせ、普請を施し、座は竹の簀子張りに空叺や藁の薦を並べて上に七島表を張りつけたのが疊となつて、天井といへば紙の貼り天井で念の入つた方、網代の一枚張りといふ間に合はせもあり、襖や壁の代りとしては白金巾の枠張り、何の事はない村芝居

谷市尹であるがそれが完成は現川添市尹の努力を忘れてはならない。殊に咋秋臺展移動展を擧げたが、我が嘉義市は一般に對し恥ぢる所はないものと思ふ。之に依つて美術家の根源地である我が嘉義は一般に對し恥ぢる所はない樣になつたわけである。

以上の諸條件から見ても吾々藝術家のみならず、市の人々の仕合である。終りに臨んでは吾々は微力乍ら我が市を藝術化したい。それには市民の方々は我々と共に藝術を愛顧しよう、鑑賞しようと念願せられ、我が大嘉義市をして藝術の都として行きたいと希望して止まない次第です。

93

陳澄波〈嘉義市與藝術〉《嘉義市制五周年記念誌》
Art and Chia-Yi City

剪報　1935.2.9，嘉義：嘉義市役所

按：〈嘉義市與藝術〉，說明嘉義地區藝術發展，介紹地方上書法、水墨等藝術創作，藉由畫作傳達對土地的熱愛，也期待能夠結合眾人的力量，打造一個屬於臺灣美術可以堅定發展的道路。

而して今日まで活動を惜しまなかつた先輩各位、並に地元民各位の聲援に副ふやうその指定の實現に邁進したいものである。

嘉義市と藝術

陳　澄　波

我が市當局より「嘉義市と藝術」に就いて書けと命ぜられた。此の主題に付て如何なる考へと態度を以て、又は如何なる順序を以て書けば主題通りに描寫し得るかを考究する必要がある。然し乍ら斯かる拘束を餘りに深く考へずに筆の走る儘に斯かる事を一つ述べさしていただき度いと考へます。

さて物事には何かの原因があつて必ず何かの結果が得られると同樣に、山麓又は河川の流域には必ず何かの結合があるが如く、我が嘉義は西海岸の嘉南大平野と新高阿里山地帶との結合點に當り交通上の要地である。清朝時代は諸羅山といつて藝術味たつぷりの名前であつて、地方の名稱から見てもその語意語源に藝術的の潜みがある。否それで無くとも藝術的の概念は既有性を持つのであつた。東方には雲に聳ゆる中央山脈が南北に連り、新高の主山は恰朝定つた樣にお日樣と共に笑顏を見せてくれる。實に麗しい秀峯であつて、毎日眺められる我々市民は何程仕合せであるか知れぬ。斯かる大自然の美、天然の景に惠まれてゐる地方こそ、何かいはれがありそうなものの、今を溯ること凡そ百年道光年間か或は咸豐年間か繪畫の名人林覺と云ふ人がゐた。是と時と同じうして書を以て支那内地に迄名の聞えてゐた蔡凌霄もゐたと云ふ。近くは五十餘年前葉王と云ふ名代の彫刻家もゐて今にその作品が珍重されてゐる。いづれも嘉義が生んだ藝術家で此の道の元祖である。

抑々藝術と云ふ物は一つの社會的現象である。

「必要は發明の母」といふ諺の如く、人間の勤勞も必要の結果である、人類あつて以來雨雪と猛獸の襲撃を防ぐ爲に人は器具、刀、槍並に衣服を作つた。彼等は自由の撰擇に依つて藝術家になる前に、必要に迫られて勤勞したのである。

藝術的製作は其の著しき特色に於て他の直接利用厚生的活動と異つてゐる。先づ茲に一の宮殿、寺院があり。一の繪畫があると假定すると、寺院、宮殿の方は只大きな家であり、さへすれば何の飾がなくとも安全な庇護の場所となり得るが、繪畫の方はさうは行かない。繪畫に於ては外に藝術の要素が附加されねばならぬ。實用の要素は繪畫や彫刻には隱蔽されて藝術的要素のみが分離獨立するのである。時には補助と成り、時には獨立する此の藝術的要素は、夫自身人類活動の一産物である。只夫は直接の必要を充たすを目的としない。特に自由な、無算心の活動であつて、愛撫、愉悦、好奇、恐怖の念—等の一種の活潑な情緒を惹起する活動である。茲に於てか、他人の感情を刺戟するてふ點に於て藝術は根本的には一つの社會的現象である。如何に原始的の社會でも全然藝術を蔑視したものはない。所謂人心陶冶をするに適切な手法である。

藝術は其の階級を問はず一の贅澤、一の慰みものたる二元的性質を帶びる。即ち繪畫を以て、大抵人倫の補助、政教の方便となし、又は建築物の裝飾として用ひられ、未だ羈絆を脱してゐないが、美を美として樂しむ審美的風尚が起つて來る事になる。殊に六朝時代はさうで、支那繪畫史上に於ける自由藝術の萌芽と見ることが出來よう。

現在の我が臺灣繪壇を考へて見たい。最近當局に於てば大に藝術を奬勵し、賞讚せられる所以も亦此の點にあると思ふ。その目的がその地、その國に於て藝術の考究が盛に行はれてゐるや、否や又はその賞贊の程度はどうであるかを見れば、その地方、その國家の文化程度を知る事が出來るのである。

前述の如く、林覺、蔡凌霄、葉王の輩出は既にその時代の文化程度を知るわけになると思ふ。一方には天然の文化程度を受け、一方では社會の慾求に依つて彼等の達成を見たわけに思ふ。然らば現今我が市はどうであらう。他地方に比し美術家の輩出は少くはない。しかも質に於てもその優を占めてゐることは何よりも嬉しい。東洋畫に於ては林玉山氏を鎭守とし、獨占的の樣に多數輩出して居るが西洋畫では自分だけである。是等は嘉義を代表するばかりで

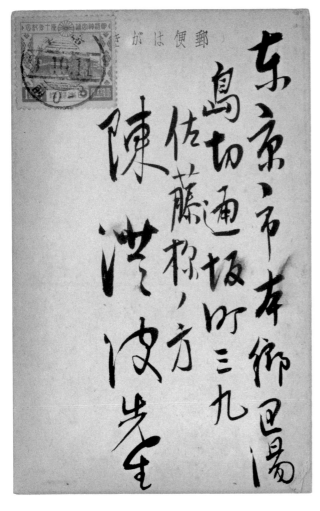
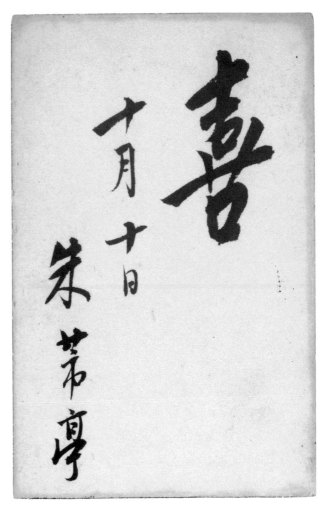

朱芾亭致陳澄波之明信片
Postcard (Chu Fu-ting sent to Chen Cheng-po)

朱芾亭
1904-1977，嘉義人
本名朱木通，號虛秋，工詩書，善南宗畫。曾赴上海
蘇杭寫生。作品曾五次入選臺灣美術展覽會。

1934.10.10

喜　十月十日　朱芾亭

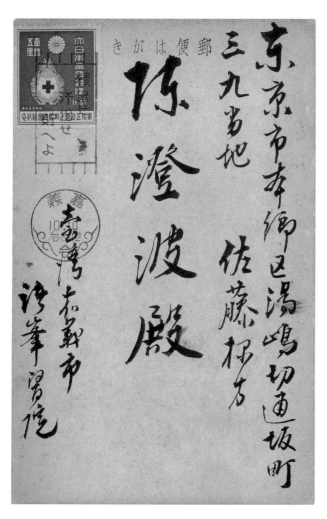
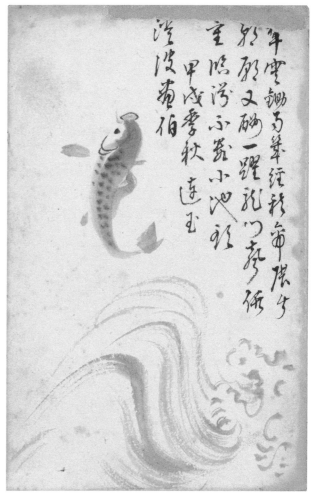

張李德和致陳澄波之明信片
Postcard (Chan Li Te-he sent to Chen Cheng-po)

張李德和，1893-1972，雲林人
字連玉，號羅山女史、琳瑯山閣主人，亦曾自署襟亭
主人、逸園主人。1910 年畢業，先後任教於斗六公學
校、西螺公學校、嘉義公學校。

1934.10.10

□雲鋤雨幾經秋，帝展今朝願又酬，
一躍龍門聲價重，臨淵不數小池頭。
甲戌季秋連玉
澄波畫伯

周丙寅致陳澄波之明信片
Postcard (Chou Pin-yin sent to Chen Cheng-po)

1934.10.10

英才大展　十月十日

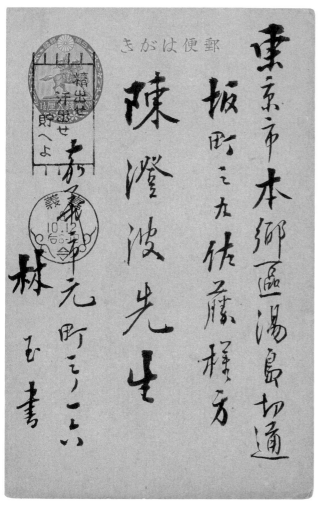

郵便はがき

東京市本郷區湯島切通
坂町三九佐藤樣方
陳澄波先生

嘉義市元町三ノ二六
林玉書

步德和文原韻藉表
祝意
捷電遙傳悄晚秋累搔神品
志終酬也如老拙肱三折一
塔巍然又出頭
甲戌季秋
臥雲甫稿

林玉書致陳澄波之明信片
Postcard (Lin Yu-shu sent to Chen Cheng-po)

林玉書，1882-1965，嘉義人
字臥雲，號香亭，又號六一山人。參加嘉義各種詩社，
詩書畫俱佳，尤善繪松竹。

1934.10.12

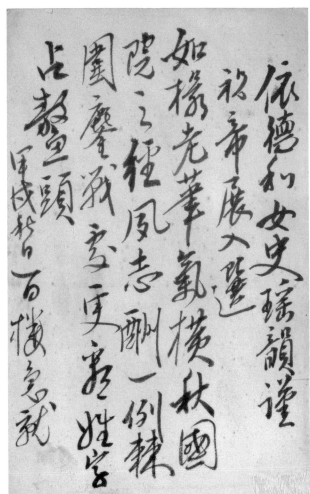
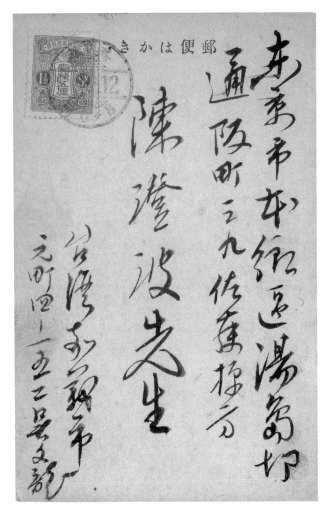

吳文龍致陳澄波之明信片
Postcard (Wu Wung-long sent to Chen Cheng-po)

吳文龍，1889-1960，嘉義人
字百樓，漢學扎實，擅長漢詩與書法，活躍於詩壇。
1921 年加入臺灣文化協會，參與社會運動。1932
年兼任臺灣新民報記者。

1934.10.12

(37)（東鄉鑽寶行）　The Taiwan Shrine.　臺灣神社神苑全景　八 54

林玉山致陳澄波之明信片
Postcard (Lin Yu-shan sent to Chen Cheng-po)

林玉山，1907-2004，嘉義人
本名林金水，後更名為英貴，號雲
樵子、諸羅山人、桃城散人。
1927 年入選「臺展」第一屆東洋畫
部時，不過 19 歲，與陳進、郭雪湖
被稱為「臺展三少年」。其後林玉
山連續入選臺展。1940 年加入臺陽
美術協會。後來任教於嘉義中學、
靜修女中與臺灣師範大學。

1934.10.19

1924 年陳澄波赴日考入東京美術學校師範科。1887 年岡倉天心創立這所充滿理想的美術學校，他曾撰寫《東洋的理想》表明他的立場，以整個美術發展為視野，強調恢復並保護亞洲的傳統，讓中國美術在日本再次受到重視，在 19-20 世紀交接之時，吸引諸多日本收藏家到中國收購文物。

In 1924, Chen Cheng-po went to Japan and got accepted into the Tokyo School of Fine Arts. This art school, founded by Okakura Tenshin in 1887, was replete with idealism. In his book The Ideals of the East, Okakura expounded his viewpoint on Asian art and made art development in the whole of East Asia his perspective, thus once again drawing Japan's attention to traditional Chinese art. In the period in which the 19th century turned into the 20th century, this had also lured many Japanese collectors to China to acquire Chinese cultural objects.

東瀛交游—
學習與嘗試

Experiences in Japan:
Assimilation and Attempts

雲深處
Into the Cloud

候補甲長
紙本水墨　33 × 100cm
1936

文：
雲深處

款：
昭和十一年秋
候補甲長書
於汗淋學士之閑舍

印：
幽事宜之（白文）
大日本大帝國台灣總督府轄下（朱文）
候補甲長（白文）

中央研究院臺灣史研究所典藏

趙孟頫・天冠山題詠詩帖 - 仙足巖
Zhao Meng-fu - Xianzuyan

渡邊竹亭
紙本水墨　116.3 × 28.3cm
1937

文：
窈窕石屋間中有仙人躅
說與牧羊兒慎莫傷吾足

款：
丁丑晚春竹亭山人書

印：
逸情遠性（朱文）
渡邊圍印（白文）
竹亭（朱文）

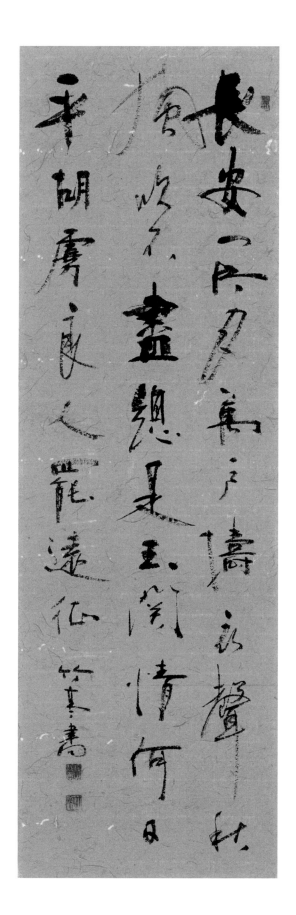

李白 · 子夜吳歌 - 秋歌
Li Bai - A Song of an Autumn Midnight

橫山雄
紙本水墨　115.5×37.1cm
年代不詳

文：
長安一片月，萬戶擣衣聲。
秋風吹不盡，總是玉關情。
何日平胡虜，良人罷遠征。

款：
竹亭書

印：
虛心（朱文）
橫山雄印（白文）
竹亭（朱文）

犬
Dog

元鳳
畫織板水墨　27.3 × 24.2cm
年代不詳

款：
元鳳

印：
吾心如水 (白)

墨竹
Ink bamboo

竹心
紙本水墨　33.5 × 83.7cm
年代不詳

款：
竹心

印：
橘印（白文）
竹心（朱文）
安貧（朱文）

歲寒三友圖
Three Durable Plants of Winter

李松坡（生卒年不詳）朝鮮人
畫纖板水墨　27.3 × 24.2cm
1927

款：
歲寒霜雪裏，三友共深情。
丁卯冬於東都客中
玉川山人李松坡寫意

印：
□□□（白文）
松坡（朱文）

山水
Landscape

李松坡（生卒年不詳）朝鮮人
畫織板水墨　27.3×24.2cm
年代不詳

款：
東國金剛出，中州五嶽低
其下多仙窟，王母恨生西
松坡道人

印：
松坡（朱文）

花卉
Flowers

作者不詳

紙本設色　28.7 × 35.8cm
年代不詳

款：
紫菀倣子俊意

印：
結雲子（白文）

書法扇
Flowers

犬養毅（1855-1932）
日本政治家。第 29 任日本内閣總理大臣。
立憲政友會第 6 任總裁。通稱仙次郎。號
木堂。

紙本印刷　20.8×45cm
年代不詳

文：
拓開國運蘇息民生

款：
政友同志會創立紀念

印：
犬養毅印

墨藤扇
Ink Vine Fan

峯仙
紙本水墨鋼筆   40 × 19.8cm
年代不詳

文：
讀得書成百不憂，不需耕種自然收
隨時行坐隨時用，到處人間到處求
日裡不愁人借去，夜間何怕賊來偷
縱遭旱勞無傷損，一路風光到白頭

印：
峯仙（朱文）

墨藤扇
Ink Vine Fan

峯仙

紙本鋼筆　40 × 19.8cm
年代不詳

文：
春天正是讀書天
夏日炎炎不好眠
秋時讀書多意味
冬至勤苦過明年

陳澄波的上海時期（1929 至 1933 年），是其「畫家生涯歷程最大的轉折點」，一方面是他以留日身分至上海任教開啓他正式藝術生涯，再者也是他可以直接接觸中國藝術，不是轉引自日本的中國美術概念，透過研究這些與之交往的朋友作品，其價值不局限於個人範圍，而是近現代美術的重要記憶和縮影。

Chen Cheng-po's Shanghai period (1929-1933) was the greatest turning point of his artistic career. On the one hand, he formally started his art career by going to teach in Shanghai in the capacity of one who had studied abroad in Japan. On the other hand, he could then experience Chinese art directly, instead of depending on Chinese artistic concepts coming second-handedly through Japan. The value in studying the works of friends he had made is that we not only gain a better understanding of Chen Cheng-po but also manage to revive important memories and epitomes of modern and contemporary art.

上海書畫—
接觸與轉換

Painting and Calligraphy in Shanghai:
Connection and Transformation

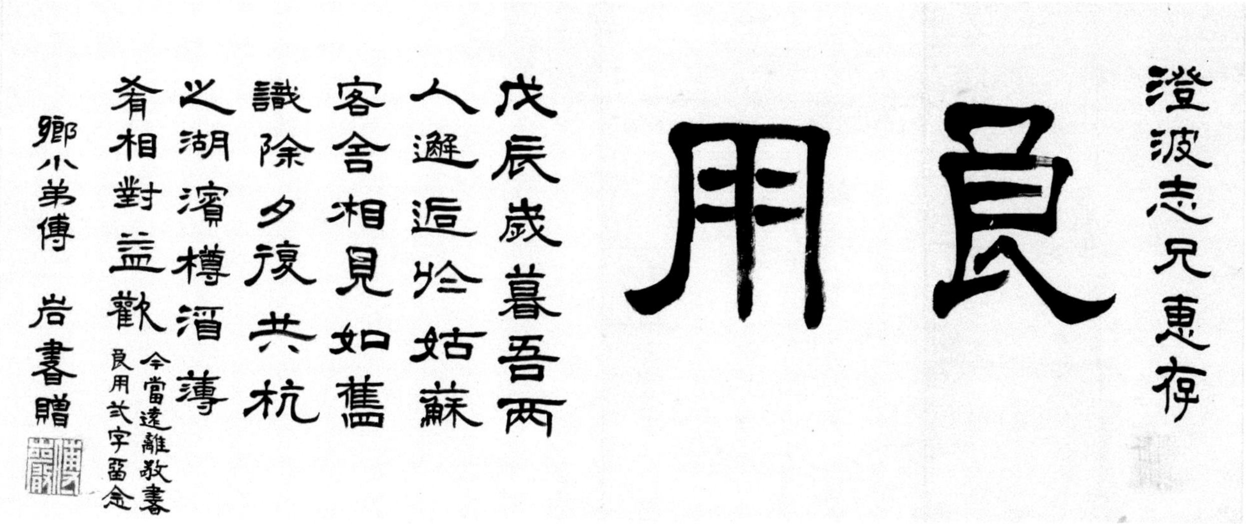

良朋
Liangyong

傅岩
紙本水墨　32.9 × 79.3cm
1928

文：
良朋

款：
澄波志兄惠存
戊辰歲暮吾兩人邂逅於姑蘇客舍，相見
如舊識，除夕復共杭西湖濱，樽滔薄肴，
相對益歡。
今當遠離敬書良用弍字留念
鄉小弟傅岩書贈

印：
傅嚴（白文）

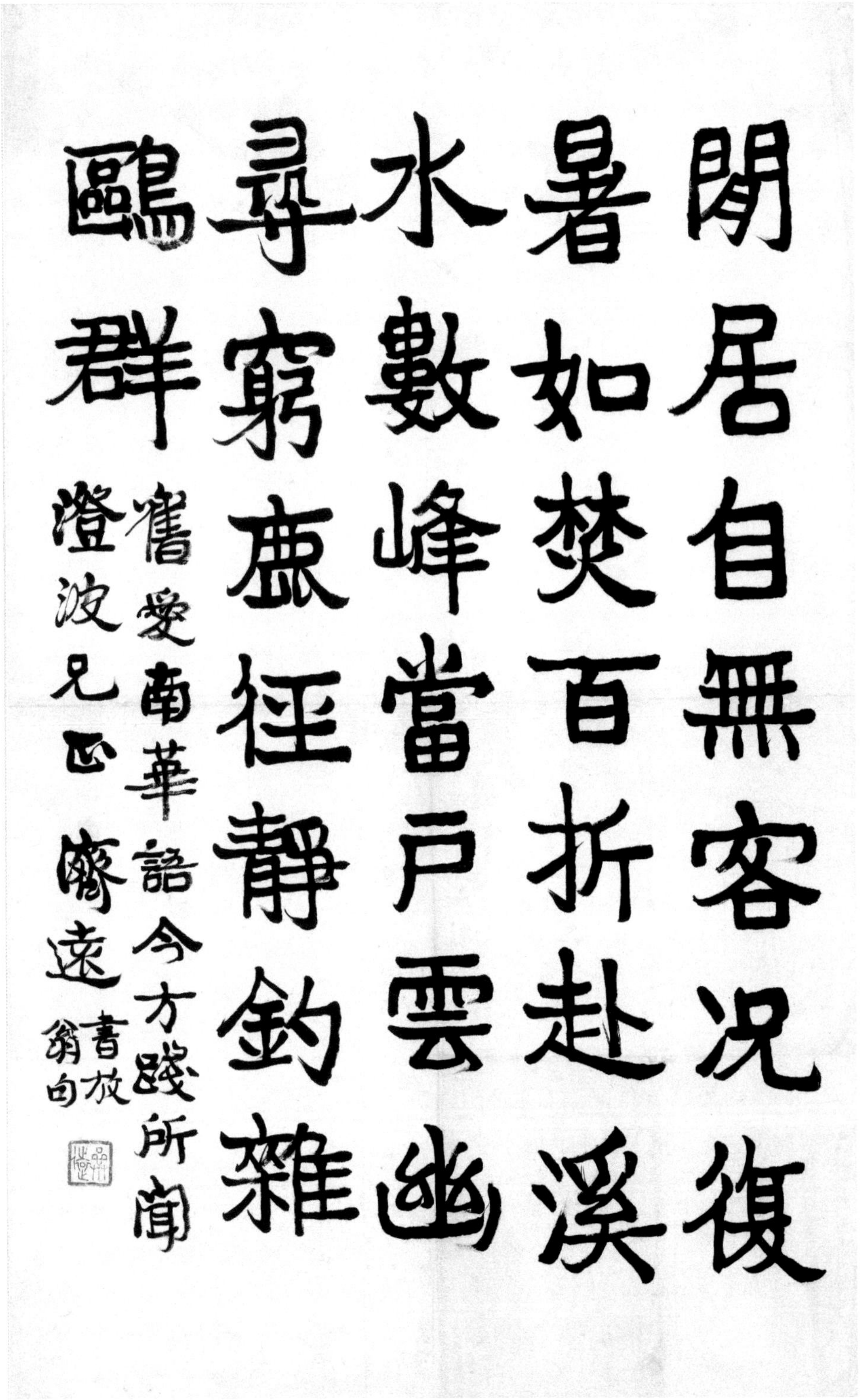

閒居自無容況復
暑如焚百折赴溪
水數峰當戶雲幽
尋窮鹿徑靜釣雜
鷗群

舊愛南華語　今方踐所聞
澄波兄正　濟遠書放翁句

陸游 ・ 夏日雜詠
Lu You's Summer-day Poem Written at Random

王濟遠（1893-1975）
江蘇武進人，曾任上海美專教授和教務長，長達 12 年之久。
1920 年於上海參加西洋畫社團「天馬會」，1927 年創辦「藝苑繪畫研究所」。

紙本水墨　68 × 43cm
年代不詳

文：
閒居自無客，況復暑如焚。
百折赴溪水，數峰當戶雲。
幽尋窮鹿徑，靜釣雜鷗群。
舊愛南華語，今方踐所聞。

款：
澄波兄正　濟遠書放翁句

印：
濟遠（朱文）

凝寒
Freezing Coldness

潘天壽（1897-1971）
浙江寧海人，1924 年擔任
上海美術專科學校教授，其
後歷任多所藝專教授、校長
等職位，與陳澄波同為新華
藝專教授。

紙本設色 68×40.5cm
1924

款：
凝寒
甲子端節三門灣阿壽

印：
潘天授印（白文）
天壽二十後所作（白文）

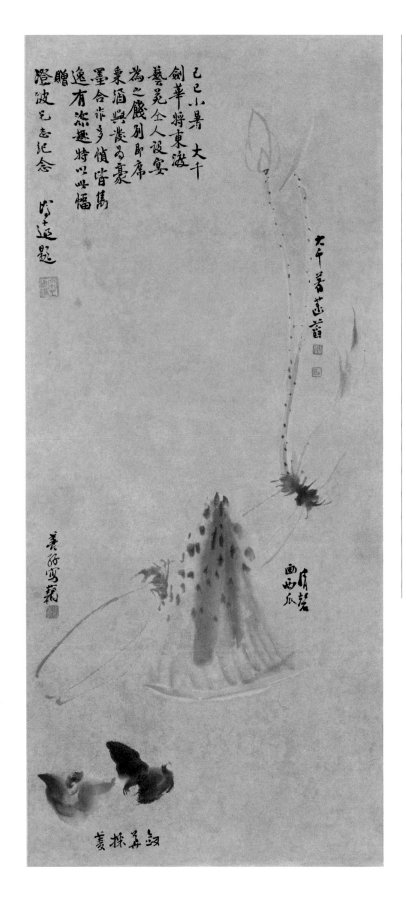

五人合筆
A Collaborative Painting by Five Artists

張大千（1899-1983）
四川內江人，拜曾農髯、李梅庵為師，學習詩文書畫，受石濤跟八大山人的影響很深。

張善孖（1882-1940）
四川內江人，以畫虎聞名，號虎痴。其弟為張大千。曾任教於上海美專。

俞劍華（1895-1979）
山東濟南人，歷任上海愛國女子學校國文教員、上海新華藝術專科學校教授兼教務長、新華藝大國畫系主任，以及兼任上海美術專科學校教授等，並與與張大千同為上海藝苑學員。

楊清磐（189-1957）
浙江吳興人，工山水、人物
30 年代參加中華民國第一屆美展，先後任教於城東女學、上海美專等。

王濟遠（1893-1975）
江蘇武進人，曾任上海美專教授和教務長，長達 12 年之久。1920 年於上海參加西洋畫社團「天馬會」，1927 年創辦「藝苑繪畫研究所」。

紙本設色　81×36cm
1929

款：
1. 己巳小暑，大千、劍華將東渡，藝苑同人設宴為之餞別，即席乘酒興發為豪墨，合作多幀，皆雋逸有深趣。特以此幅贈澄波兄志紀念 濟遠題。
2. 大千著菡萏。
3. 善孖寫藕
4. 清磐畫西瓜

印：
大木王濟遠（朱文）
張季（白文）
阿爰（朱文）
張善孖（白文）

水閣清談
Chatting in a Waterside
Open Hall

俞劍華（1895-1979）
山東濟南人，歷任上
海愛國女子學校國文
教員、上海新華藝術
專科學校教授兼教務
長、新華藝大國畫系
主任，以及兼任上海
美術專科學校教授等，
並與與張大千同為上
海藝苑學員

紙本設色　80 × 48cm
1929

款：
水閣清談
己巳冬日
俞劍華寫

印：
俞氏劍華（白文）
大無畏 (朱文)

花卉
Flowers

江小鶼（1894-1939）
江蘇吳縣人，受家庭薰陶，自幼愛好
詩書、繪畫及古銅器紋飾。早年留學
法國，先後學習素描、油畫和雕塑 。
1917 年前歸國，寓居上海，任上海美
術專科學校西洋畫教授和教務主任。

紙本設色　34.9 × 33.8cm
1930

款：
庚午小集樂天
畫室塗贈
澄波兄聊以紀念
小鶼

印：
小鶼（朱文）

採桑圖
Mulberry Leaf Picking

劉渭
紙本設色　115.5 × 74.3cm
1931

款：
採桑圖
澄波師□教正
生劉渭寫時辛未夏四月
上澣

印：
寄漁詩畫（朱文）

紫藤
Wisteria

諸聞韻（1894-1938）
浙江孝豐人，歷任上海、
新華、昌明等藝術專門
學校中國畫系教授、系
主任，後任國立中央大
學藝教系和國立藝專
（中國美術學院前身）
中國畫系教授。

紙本設色　122×52cm
1933

款：
澄波先生有道正之
二十二年仲春
孝豐天目山民諸聞韻寫于
扈上

印：
聞均之印（白文）

墨荷
Ink Lotus

諸聞韻（1894-1938）
浙江孝豐人，歷任上海、新華、昌明等藝術專門學校中國畫系教授、系主任，後任國立中央大學藝教系和國立藝專（中國美術學院前身）中國畫系教授。

紙本水墨　72×40cm
1933

款：
澄波先生大雅教正
二十二年春仲孝豐諸聞韻

印：
汶隱長樂（白文）
聞均之印（朱文）

中央研究院臺灣史研究所典藏

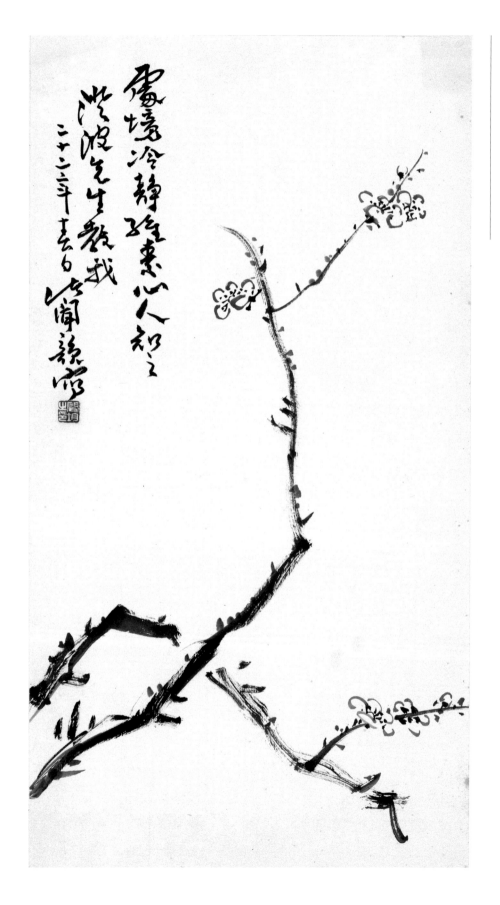

墨梅
Ink Plum Blossom

諸聞韻（1894-1938）
浙江孝豐人，歷任上海、
新華、昌明等藝術專門學
校中國畫系教授、系主任，
後任國立中央大學藝教系
和國立藝專（中國美術學院
前身）中國畫系教授。

紙本水墨　73.5 × 40.4cm
1933

款：
處境冷靜維素心人知之
澄波先生教我
二十二年春日諸聞韻寫

印：
聞均之印（白文）

山水
Landscape

徐培基（1909-1970）
山東濰縣人，1929年考入
上海藝專國畫系，畢業後留
校任教，後又兼任新華藝專
附設師範部主任。
紙本設色　123.2×50.7cm
1933

款：
澄波夫子大人誨正
癸酉春日徐培基寫

印：
徐培基印（白文）

梅石
Plum Blossom and Rock

王賢（1897-1988）
江蘇海門人
1930 年與吳東邁等創辦昌明藝
術專科學校
1935 年後任上海美術專科學
校教授、國畫系主任
紙本設色　116.9 × 29cm
1933

款：
深院春無限，香風吹綠漪。
玉妃清夢醒，花雨落胭脂。
癸酉春仲與麗擘、
芝閣同至王恒豫酒樓歸寓作此。
個簃王賢

印：
王賢私印（白文）
滯鄰（朱文）

西瓜
Watermelon

王賢
江蘇海門人，1930 年與吳東
邁等創辦昌明藝術專科學校
1935 年後任上海美術專科學
校教授、國畫系主任
紙本設色　70.1 × 33.8cm
年代不詳

款：
一片冷裁潭底月
六灣斜卷朧頭雲
澄波先生法家正之
個簃王賢客海上

印：
王賢私印（白文）
啓（朱文）
蘦石亭（朱文）

中央研究院臺灣史研究所典藏

山水
Landscape

余威丹（1903-1985）
江蘇常熟人，她是蕭蛻、汪聲遠、
樓辛壺的學生，精國畫山水。
1922 年任上海特別市萬竹小學
國文教師。

紙本設色　135.2×32cm
1933

款：
宿雲開曉嶂密柳壓春波
癸酉夏日寫奉
澄波老師　教正　虞山余威丹

印：
威丹（朱文）
鳳華書畫（朱文）

中央研究院臺灣史研究所典藏

燭台與貓
Candlestick and Cat

張聿光（1885-1968）
浙江紹興人，1928 年任上海新
華藝術專科學校副校長，曾為
中國美術家協會會員、美協上
海分會理事、上海市文史館館
員。

紙本設色　131.8×32cm
年代不詳

款：
山陰聿光

印：
張聿光印（白文）
南軒後人（白文）

牡丹
Peonies

王逸雲（1894-1981）
福建晉江人，為 1948 年 11
月創立的青雲美術會成員之
一，後來臺任國立臺灣大學總
務長。

紙本設色　134.5×35cm
年代不詳

款：
逸雲

印：
王印（白文）
逸雲（朱文）

山水
Landscape

張辰伯（1893-1949）
江蘇無錫人，近代雕塑家、畫家。
寓居上海，是天馬畫會的成員。

紙本設色　34.9 × 33.8cm
年代不詳

款：
澄波先生正
辰伯敬贈

山水
Landscape

鄧芬（1894-1964）
廣東南海人，除善畫花卉外，還擅人物。畫
鳥雀，三幾筆就生氣蓬勃，意趣生動，故有
「鄧芬三筆雀」之稱。

紙本水墨　34.9 × 33.7cm
年代不詳

款：
呂半隱多為此法學作呈澄波陳先生教　曇殊芬

印：
鄧芬（白文）

按：呂半隱為呂潛（1621-1706），
　　字孔昭，號半隱。生平詩、
　　書、畫三絕。

牡丹書畫扇
Peony and Calligraphy Fan

五峯
紙本設色　24.9 × 52.5cm
1930

款：
神女温香籠
膩粉，珠衣新
製剪紅雲。
庚午夏爲
念孫先生雅屬
五峯畫

印：
五峯山人（白文）

牡丹書畫扇
Peony and Calligraphy Fan

五峯
紙本水墨　24.9 × 52.6cm
1930

款：
尤有空盤紆，與草爭眇麼。草原一脈承，眞亦千鈞荷，
眞自變歐褚，抽挈同發笴。門户較易尋，授受轉難夥，
愧余玩索頻，徒戒臨摹惰。行之雖有時，至焉每苦跛。
先路道懇勤，遵途騁駛駷。旨哉雙楫篇，後塵附諸左。
念孫仁兄法正　六十有一贅叟

印：
未我生（朱文）

荷花扇
Lotus Fan

林子白（1906-1980）
福建永春人，1939 年 4 月間來
台於大世界旅館舉行個展。曾
任廈門美術專科學校教員，福
建師範專科學校藝術科講師、
副教授，福州第二中學教員，
福州師範藝術系國畫教員。

紙本設色　24.9 × 52.5cm
1932

款：
江湖餘冷豔，孿月足清秋。壬申
首夏林子白作於海上鑄意軒

印：
林子白印（白文）

花卉松枝扇
Flowers and Pine Branch Fan

林子白（1906-1980）
福建永春人，1939 年 4 月間來台於大
世界旅館舉行個展。曾任廈門美術專
科學校教員，福建師範專科學校藝術
科講師、副教授，福州第二中學教員，
福州師範藝術系國畫教員。

紙本設色　25 × 53cm
1932

款：
壬申孟夏之月玢生林子白作于海上鑄意
軒

印：
林子白印（白文）

飛蛾書法扇
Moths and Calligraphy Fan

項保艾（生卒年不詳）
余威丹（1903-1985）
江蘇常熟人，她是蕭蛻、汪聲遠、樓
辛壺的學生，精國畫山水。
1922 年任上海特別市萬竹小學國文教
師。

紙本設色　24.7 × 53.8cm
紙本水墨
1940

款：
庚辰夏四月下澣六日以應順徵淑媛世大
人雅屬
洛鈿女士時年七十有九

印：
項（朱文）、洛（朱文）
鈿（朱文）

文：
歌曰：桂棹兮蘭槳，擊空明兮溯流光。渺渺兮予懷，望美人兮天一方。
客有吹洞簫者，倚歌而和之。其聲嗚嗚然，如怨如慕，如泣如訴；
餘音嫋嫋，不絕如縷。舞幽壑之潛蛟，泣孤舟之嫠婦。蘇子愀然，
正襟危坐，而問客曰：何 其然也？客曰：月明星稀，烏鵲南飛。
此非曹孟德之詩乎？西望夏口，東望武昌，山川相繆，鬱乎蒼蒼，
此非孟德之困於周郎者乎？方其破荊州，下江陵，順流而東也，
舳艫千里，旌旗蔽空，釃酒臨江，橫槊賦詩，固一世之雄也，而今安
在哉？況吾與子漁樵於江渚之上，侶魚蝦而友麋鹿。節錄前赤壁賦。

款：
海虞，余威丹。

印：
余（朱文）
威丹女士（朱文）

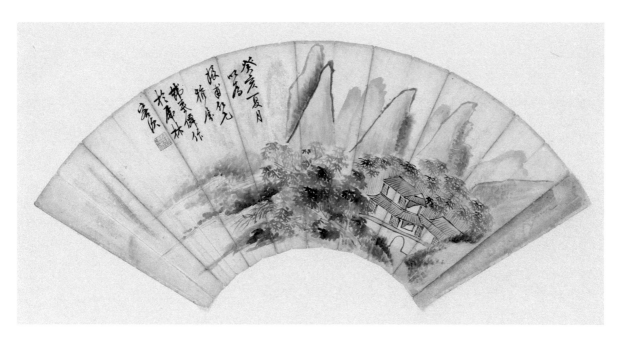

山水書畫扇
Landscape and Calligraphy Fan

韓慕儔

紙本水墨　24.9 × 52.5cm
1940

款：
癸亥夏月以爲振甫仁兄雅屬韓
慕儔作于虎林客次

印：
韓慕儔印（白文）

文：
吟罷栽桑樂志詩，
抱琹華下立移時，
平主別有無弦趣，
訴與湘君總不知。

款：
振甫先生正之
韓鏞隸

印
韓慕儔印（白文）

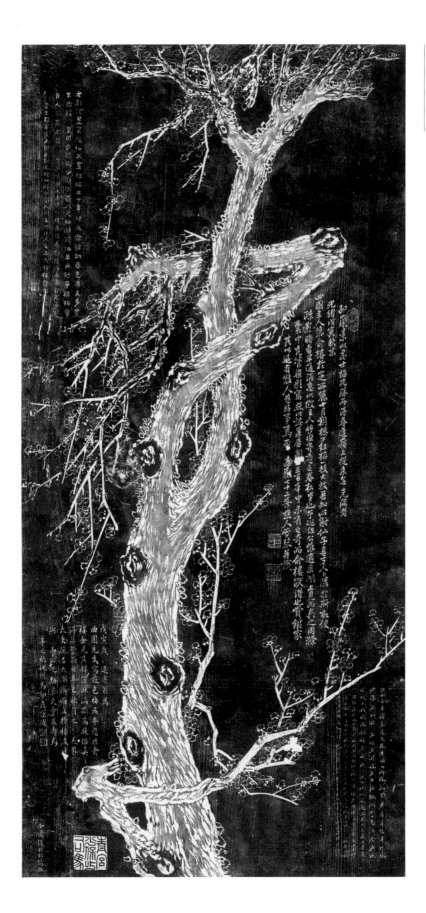

紅梅
Red Plum Blossom

彭玉麟（1816-1890）
紙本拓印　144.6×69cm
年代不詳

嚴子陵先生像
Portrait of Mr. Yan Zi-ling

作者不詳

紙本拓印　80×30cm
年代不詳

中央研究院臺灣史研究所典藏

〈新華畫展消息〉
《申報》第12版
News of Shin-Hua Art
Exhibition

剪報　1931.3.9

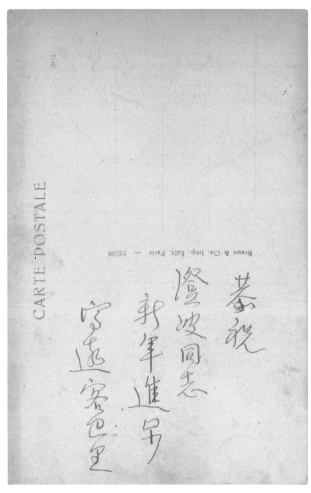

王濟遠致陳澄波之明信片
Postcard (Wang Chi-yuan sent to Chen Cheng-po)

王濟遠
1893-1975，江蘇武進人
曾任上海美專教授和教務長，長達12年之久
1920年於上海參加西洋畫社團「天馬會」
1927年創辦「藝苑繪畫研究所」

潘玉良致陳澄波之明信片
Postcard (Pan Yu-liang sent to Chen Cheng-po)

1895-1977，生於揚州。
1928 年初被聘為上海美術專門學校西洋畫系主任，1930 年任新華藝專西畫系教授。

萬國開畫展，
此龕在雪黎，
澳南春正好，
聊以祝新禧。
贊化、玉良同賀，元旦

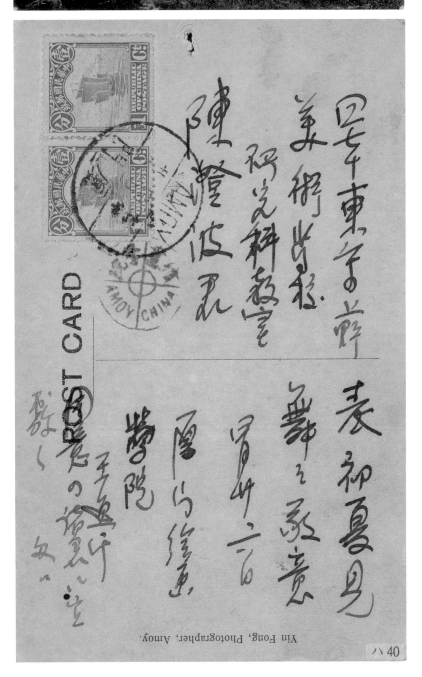

Pat San Temple, Amoy.

Yin Fong, Photographer, Amoy.

八 40

王逸雲致陳澄波之明信片
Postcard (Wang Yi-yun sent to Chen Cheng-po)

王逸雲，1894-1981，福建晉江人，為 1948 年 11 月創立的青雲美術會成員之一，後來臺任國立臺灣大學總務長。

1928.4.26

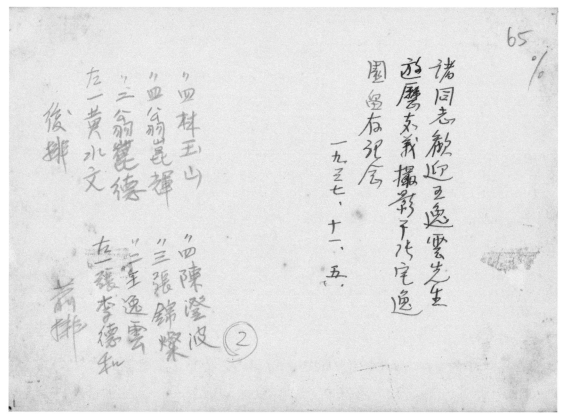

1937.11.5歡迎王逸雲遊歷嘉義攝影於張宅逸園。前排左起為張李德和抱小孩、王逸雲、張錦燦、陳澄波；
後排左起為黃水文、翁崑德、□□□、翁崑輝、林玉山。〔正面＋背面〕

汪亞塵致陳澄波之信（信封＋內文）
Postcard (Wang Ya-chen sent to Chen Cheng-po)

汪亞塵，1894-1983，浙江杭縣（今杭州）人名松年，改名亞塵，號雲隱。擅長花鳥蟲魚，從西洋繪畫入手，並深研中國傳統技法，融合中西，以畫金魚著稱；三十年代，汪亞塵的金魚、徐悲鴻的馬、齊白石的蝦並稱三絕。

1932.6.25

文：

澄波兄：項接來書知已到台灣，途中無留難，安然到達為慰。尊夫人病體究竟能醫治否，既入醫院必能調治，希望早日復原。校中正在為藝術奮鬥，各同事均熱心，暑假准辦補習班，七月十八日開課。洋畫除吳恆勤外，又聘陳抱一擔任，九月間正式開學。兄如有事，不妨緩日來滬，能早到亦所盼望。校中展覽會十一日起連開五日，情形甚佳。諸希勿念。謹祈近好！亞塵，六月二十五日。

陳澄波（中）與友人合影。後方右邊畫作為〈綢坊之午後〉。
照片中陳澄波持扇而立，可見其對扇面有所喜愛。

陳澄波的相關年表

西元年	年齡	分期	紀要
1895-1907	0-13 歲	傳統教育的開蒙	・父陳守愚為前清秀才，擔任私塾教師，可能也曾在嘉義縣的兩所書院執教。陳澄波與其父雖不親近，但仍長期保存父親遺留的試帖與手札。
			・1909 年陳澄波曾在書末簽名的《真形隸篆四體千字文》，可佐證他早年曾受漢學教育影響。蕭瓊瑞推論：日治初期，陳守愚可能心存觀望，故使陳澄波接受傳統書房教育，這或許是陳澄波遲至 13 歲才進入公學校的原因。
1907-1924	13-27 歲	現代學校教育體制	・從嘉義公學校到總督府國語學校，陳澄波在現代學校教育體制當中，繼續接觸了日本從臺灣傳統教育內容當中吸納的「漢文」、「習字」等科目的訓練。從陳澄波所遺留的國語學校「學業成績表」來看，他的「漢文」成績並不特出，但「習字」一科卻有很優秀的表現。日後，他的子女在成長階段，也都有書法方面的訓練與獲獎紀錄。（按：所藏有陳紫薇、陳碧女、陳重光三人書法作品。）
			・1923 年，陳澄波曾入選彰化崇文社舉辦的徵文比賽，獲得第六名的成績。
1924-1929	27-32 歲	東京美術學校	・在東京美術學校，陳澄波考取的是「圖畫師範科」，這意味著他必須接受各個方面的美術訓練，在他的遺物當中，仍然保存了這一時期大量的書道、水墨畫、膠彩畫等東洋美術課程的習作，部分還留有批改痕跡。（按，當時日本流行六朝書風，鄭文公碑為學習對象。借陳澄波鄭文公碑習字帖，書法冊 P.38-39）
			・這段期間，東京美術學校的日本畫科目指導教師是平田松堂，書法的指導教師則是岡田起作。
			・陳澄波遺物當中，留有朝鮮畫家李松坡（按：李松坡為韓籍，但在日本鬻畫）的兩件水墨畫。
			・另留有一件題為「政友同志會創立紀念／犬養毅」的書法扇。（按：此件為印刷品，犬養毅（犬養木堂，1855-1932）為中日書畫交流中一要角。1911 年後，羅振玉帶著女婿王國維和家族成員，連同自己擁有的多件文物亡命日本，寓居京都。此時大量的中國書畫作品流入日本求售，其流通的窗口便是位於大阪的出版社「博文堂」。當時，隨著日本憲政運動的展開，愛好中國書畫而且是犬養毅支持者的博文堂第一代主人原田庄左衛門，在犬養毅引介下成為中國書畫進口商。博文堂依賴內藤湖南、長尾雨山、羅振玉等人來鑑定作品，往來的客戶包括關西金融界重要人士兼中國書畫愛好者

西元年	年齡	分期	紀要
			的上野理一、阿部房次郎、黑川幸七、藤井善助、小川為次郎等人，以及東京的山本悌二郎、菊池惺堂等。至此，以建構關西地區中國書畫收藏為目標的學者、收藏家及文物商等人所形成的理想組合。)
1929-1933	32-36 歲	上海時期	・「藝苑繪畫研究所」是中國近現代美術史中出現於上海的重要西畫團體。1928 年，上海的一批西畫家王濟遠、江小鶼、朱屺瞻、李秋君等人，力圖組織一個非營利性的繪畫學術機構，取名「藝苑」。藝苑位於西門林蔭路，是江小鶼、王濟遠兩位畫家將其合用畫室提供該所的活動場所。1931 年 4 月，陳澄波油畫《人體》參展藝苑第二屆展覽會。（成員包括王師子、張辰伯、吳湖帆、朱屺瞻、潘玉良、王一亭、汪亞塵、狄平子、李秋君、李毅士、俞寄凡、徐悲鴻、姜丹書、黃賓虹、張聿光、張大千、鄭午昌、潘天壽、蔣兆和、錢瘦鐵、謝公展、顏文梁、張善孖、倪貽德、楊清磬等。）
			・1929 年 3 月，甫從東京美術學校畢業的陳澄波（1895-1947），受到王濟遠（1893-1975）的邀請到上海，先後任教於上海新華藝術大學專科學校（1926 年設立，1930 年改為上海新華藝術專科學校）、藝苑繪畫研究所（1928-1934）及昌明藝術專科學校（1930-1931）。在客寓上海四年期間，與曾經留學歐、日的中國藝術家交往密切，除了積極參加美展，並與決瀾社及其他上海現代藝術社團藝術家社員互動，希冀以新技法表現新時代的精神。
			・1929 年 4 月 10 日，國民政府教育部在上海舉辦「全國第一屆美術展覽」。展覽會總務常務委員有徐悲鴻、王一亭、李毅士、林風眠、劉海粟、江小鶼、徐志摩。
			・1930 年前後，陳澄波被聘任為新華藝術專科學校西畫系教授。新華藝術專科學校位於如今斜徐路打浦橋南塊，1926 年 12 月 18 日創立。由俞寄凡、潘伯英、潘天壽、張聿光、俞劍華、諸聞韻、練為章、譚抒真等發起，由社會耆宿俞叔淵（蘭生）出資支持。1927 年春季正式招生開學，初名新華藝術學院。設國畫、西畫、音樂、藝術教育四個系，校址在金神父路（今瑞金二路）新新里。首屆校董會由于右任、王祺、蔣百里、李叔同、徐悲鴻、鄭午昌等組成。推俞寄凡為院長，俞劍華為教務長。1928 年冬，學校更名為新華藝術大學，學校行政由委員會制改為校長制。推俞寄凡為校長，張聿光為副校長，潘伯英為教務長，屠亮臣為總務主任。遷校至肇嘉浜對岸斜徐路。1929 年秋，改校名為新華藝術專科學校。

西元年	年齡	分期	紀要
			・ 昌明藝術專科學校，1930 年初創立。由王一亭、吳東邁為紀念吳昌碩而發起創辦。於 1930 年 2 月 19 日《申報》刊登招生廣告，王一亭任校長，諸聞韻任教務長，還設有校董會。該校設有國畫系、西畫系、藝術教育系。同年 6 月 22 日該校在《申報》登廣告，各系同時招生。另設有暑期進修班。不久由吳東邁任校長。教授有王個簃（國畫系主任）、曹拙巢、呂大千、黃賓虹、潘天壽、賀天健、任菫叔、汪仲山、商笙伯、姚虞琴、胡汀鷺、吳仲熊、薛飛白、諸聞韻、諸樂三等，大都是吳昌碩的故舊。 ・ 學界目前的共識是：在陳澄波開始探索自我風格的這段期間，他將中國傳統繪畫的審美概念與創作元素，吸納到自己的作品當中。 ・ 1929 年，在給林玉山的信件裡，陳澄波表露出對中國書畫的仰慕與期待。 ・ 參加上海「藝苑繪畫研究所」，或許因此與許多書畫名家有所往來。在陳澄波的遺物中，可以見到張聿光、潘天壽、俞劍華以及其他藝術家贈送的書法與水墨畫作。他甚至擁有一件張大千、張善孖、俞劍華、楊清磬、王濟遠等五人合筆創作的彩墨作品。楊清盤（1895 ~ 1957）。名安，吳興人。工山水、人物。1919 年夏天發起"天馬書畫會"。30 年代參加民國時期的中國第一屆美展。曾和徐志摩主編〈美展〉、〈美周〉。也曾和吳湖帆，梅蘭芳、周信芳、汪亞塵、範煙橋、鄭午昌、席德炯、汪飈長、孫伯繩、蔡申白、鄧懷農、張君謀、秦清曾、李祖夔、洪警鈴等二十個同齡人結甲午同庚會。先後任教於城東女學，上海美專等。
1933-1947	36-50 歲	臺灣定居	・ 嘉義地區美術的發展，早自清朝乾嘉時期以來，就陸續有些書畫家曾活躍於嘉義地區，較重要者有馬琬、朱承、丁捷三、林覺、郭彝、許龍、蔡凌霄、余塘等。至日治時期，更因當時有一群書畫家在這塊土地的努力耕耘，而贏得了臺灣「畫都」的美譽。例如東洋畫的徐清蓮、張李德和、朱芾亭、林東令、林玉山、黃水文、盧雲生、李秋禾等人，西洋畫則有陳澄波、翁焜輝、林榮杰、翁崑德等人，雕刻藝術上亦有蒲添生，這些均是臺灣藝術史上重要人物，他們為嘉義藝壇樹立了優良的典範。 ・ 日本政府以推行教育達到統治的功能，在各級學校設立圖畫課，新的圖畫教育漸成型，其中尤以師範教育對美術有重要的貢獻，此時的繪畫傳授迥異於傳統的師徒相傳。昭和三年（1927）臺灣教育會因應社會上的需要，舉辦首屆臺灣美術展覽會，「臺展」之前嘉義地區只有幾位寫四君子的文人，如釋頓圓（約 1850-1949）、蘇孝德、林玉書、蘇友讓(1881-1943)、施金龍等人。

西元年	年齡	分期	紀要
			· 此時陳澄波與許多漢學素養深厚（特別是嘉義地方）的仕紳與文人，往來頗為密切，遺物中可見到這些人（如蘇孝德、蘇友讓、曹秋圃……等等）親筆創作的大量字畫。
			· 林玉書（1881～1964），號臥雲，又號雪庵主人、香亭、六一山人、筱玉、玉峰散人，嘉義縣水上人。當年第七回台展是於新曆十月二十五日假台北市教育會館開展，推測林臥雲一經得知多位嘉義畫家同時入選當屆台展，便立即書寫慶賀詩文，由此可見當時以琳瑯山閣為中心之嘉義藝文界交遊的確相當熱絡。他以入選臺展的八位嘉義畫家為題，創作了一首《畫中八仙歌》。當年秋末，將這闋歌詞寫成書法作品，贈與他人。以詩文內容而言，除了優美文辭顯示出作者深厚文學基底之外，林臥雲評述了當時八位畫家不同的創作傾向及藝術成就，具有珍貴的史料價值；而就書法書跡的流暢雅緻，也頗令觀者賞心悅目。
			· 1941 年在淡水，陳澄波與其他五位臺籍畫家為紀念同遊寫生，六人共同創作了一件彩墨畫。
			· 陳澄波一件書法作品〈朱柏廬治家格言〉，黃冬富認為是1929 年之後的小品。可見這一時期的陳澄波仍然熟悉墨硯，並持續練習。但從該件作品筆墨技術來看，應該是更早期的作品，可能是在公學校時期所做。(按，從其所藏作品中有一件羅竣明的治家格言，兩相比較可以看出陳澄波有意臨摹此件作品。借陳澄波治家格言，書法冊 P.78)

陳澄波交友表（臺灣文人）

姓名／簡歷	往來史料
李種玉 · 1856-1942，臺北人 · 字稼農。1891 年參加臺北府試，取進縣學 · 1894 年列選為優貢生 · 1895 年出任保良局幫辦事務囑託 1897 年總督府佩授紳章，並被推舉為三重埔保良局局長 · 1900 年入國語學校擔任教務囑託，教授漢文、習字，提攜學子甚眾。與林清敦等創設「鷺州吟社」。李氏精書善文，臺北寺廟楹聯，有不少出自其手	李白 · 春夜宴桃李園序（部分） 紙本水墨　150 × 38.5cm　年代不詳 夫天地者萬物之逆旅也光陰者百代之過客也而浮生若夢為歡幾何古人秉燭夜游良有以也況陽春加我以煙景大塊假我以文章會桃花之芳園序天倫之樂事群季俊秀皆為惠連吾人詠歌獨慚康樂　節錄以為澄波賢友雅屬　稼農李種玉
羅峻明 · 1872-1938，嘉義人 · 字憐友，號潤堂，為臺灣日治時期的書法家，其書法楷、行、隸、篆均獨樹一格，其中又以中楷為最	朱柏廬先生治家格言　紙本水墨　　書法　紙本水墨　131 × 31cm 136.8 × 66.4cm　1921　　　　　　　　年代不詳
徐杰夫 · 1873-1959，嘉義人 · 號楸軒，光緒十八年（1892）秀才。日治後，1908 年被任為山仔頂區莊長，1912 年授佩紳章。次年十月任嘉義廳參事兼嘉義區長。好詩文，善奕棋，係嘉義羅山吟社社員，經常詩酒唱酬。唯在其詩文中仍有濃烈的故國之思	孟子 · 公孫丑下（部分）　紙本水墨 136.2 × 35.8cm　年代不詳 城非不高也，池非不深也， 兵革非不堅利也，米粟非不多也， 委而去之，是地利不如人和也 徐杰夫書
葉鏡鎔 · 1876-1950，新竹人 · 字漢卿。師事黃瑞圖（雲池），善繪竹蘭，書法表現亦頗可觀。乙未之變（1895 年），家宅燬於兵火，他為避戰難而僅憑藉一杖一囊遊遍全島。1918 年起葉氏活躍於藝壇，屢次獲邀參加《臺灣日日新報》之「臺日名家紙上書畫展」，從此漸露頭角。其活動地點以新竹街為主。遺留後代之作數量可觀，但一生所作未超出四君子之範圍。亦善音律，尤精於三絃	幽蘭　紙本水墨　115 × 33.5cm　年代不詳 滿至幽香 花氣襲人 漢卿

賴雨若

- 1877-1941，嘉義人
- 號壺仙，人稱「法曹詩人」、「息訟法曹」，為最早通過普通文官試驗的兩名臺灣人之一，並於1907年授佩紳章；同年11月，賴雨若前往日本留學，1910年自中央大學法律系畢業，翌年完成明治大學高等研究科學業，為臺籍首位法學碩士
- 1923年通過高等文官試驗，成為臺南州轄下第一位臺籍辯護士（律師）
- 賴雨若於漢文國學，造詣精深，曾與蘇孝德、林玉書等詩友結成茗香吟社、嘉社，舉辦聯吟大會；對教育、文化事業亦相當熱心，開設「壺仙花果園義塾」，免費教授四書、五經。1934年由於政府加強監視「義塾」之各種活動，改而成立「壺仙花果園修養會」，繼續由名士免費講課，聽課者眾

1927.7.6 陳澄波致賴雨若之書信（圖片提供：黃琪惠）
敬啓者
正值綠蔭濃鬱、烈日炎炎的季節，恭祝闔家安康。
在下平日埋首耕耘的拙作，此次將在7月8日至7月10日於嘉義公會堂舉辦個展，雖無值得請各位先生賞臉鑑賞的像樣作品，但為了島內美術界的□□，尚祈不吝給予批評與指教，在下一定更加發奮努力。抱歉在百忙中打擾您，希望有此榮幸能邀請您和您的家人以及親朋好友一同蒞臨觀賞。謹此通知。
昭和2年7月6日
嘉義街字西門外七七九番地
陳澄波
P.S. 大駕光臨之際，煩請至事務所一坐，敬備茶點招待。

1937.11.14 壺仙花果園園主賴雨若先生之壽像除幕式及其背後文字。（陳澄波收藏之照片）
一九三七、十一、十四
壺仙花果園園主賴雨若先生之壽像除幕式
當園修養會會員全贈
作家本市蔡順和氏

蘇孝德

- 1879-1941，嘉義人
- 字朗晨，號櫻村。日治後曾擔任嘉義區長兼山仔頂、台斗坑兩區長、嘉義街協議會員等職。嫻習書聖王羲之書體，善行草、詩文與燈謎

書法對聯　紙本水墨　137 × 34cm
年代不詳
和氣生祥所養者大
渾元無外與物為春
澄波仁兄雅正
蘇孝德

書法　紙本水墨　132.4 × 67.4cm
年代不詳
白鳥閒棲庭樹枝，綠樽仍對菊花籬，
許詢本愛交禪侶，陳寔由來是好兒，
明月出雲秋館思，遠泉經雨夜富知，
門前長者無虛轍，一片寒光動水池。
澄波仁兄正之
櫻村朗晨

墨荷書法扇（背面）
年代不詳　紙本水墨　20.8×47cm
穆如清風　櫻村

林玉書

- 1882-1965，嘉義人
- 字臥雲，號香亭，又號六一山人。參加嘉義各種詩社如茗香吟社、羅山吟社為社員，並被無名吟會聘為顧問（不置會長），逮 1923 年羅山、玉峰、鷗社、樸雅等十詩社合組為嘉社，曾被推舉為第二屆專務（不設會長，而設專務一人、常務三人、理事若干人以綜理會務）多年。詩書畫俱佳，尤善繪松竹

畫中八仙歌（一）
紙本水墨
119.4 × 40.9cm
1933

畫中八仙歌（二）
紙本水墨
137.5 × 34cm
1933

1934.10.12 林玉書致陳澄波之明信片
步德和女史原韻藉表祝意
捷電遙傳恰晚秋，累描神品志終酬，也如老拙肱三折，一搭巍然又出頭
甲戌季秋　臥雲甫稿

蘇友讓

- 1883-1945，嘉義人
- 為嘉義木材商人，經商有成，也投入詩詞、書法、繪畫創作，為「嘉社」、「鴉社書畫會」會員

七言對聯　紙本水墨
136.3 × 33.2cm　年代不詳
董宣處世稱廉節
蘀緯傳家讀孝經
東寧逸叟臨書

帝國艦隊臨高雄
有感　紙本水墨
136 × 34cm
年代不詳
太平洋上列城漕
海國男兒意氣豪
寄語鯨鯢休跋扈
旭旗映處息風濤
帝國艦隊臨高雄
有感　蘇友讓

讀乃木將軍西南戰
役書後　紙本水墨
136.2 × 33.5cm
年代不詳
引責知難免延生體
聖衷
殊恩何以報盡在不
言中
讀乃木將軍西南戰
役書後蘇友讓

魏清德

- 1886-1964，新竹人
- 號潤庵，總督府國語學校畢業後，曾任公學校訓導、臺灣日日新報社記者，後升任漢文部編輯主任。一生勤於著述，有《滿鮮吟草》、《潤庵吟草》、《尺寸園瓵稿》傳世，又有各類文章及通俗小說作品刊於報端，是臺灣文學史上相當具有影響性之古典文人

1929.11.12 陳澄波致魏清德明信片
（圖片提供：魏家後代）
清德先生！
每次對我們的美術很盡力、宣傳廣告，趕快來謝謝你。臺展大概開幕了嗎？我因校務這回又不能出去參觀臺展，遺憾的很，請賜信臺展狀況好嗎？這張畫片春季西湖繪的帝展出品的東西，請批評！請日日新報社請先生□聲。再會！！

潤菴漫評詩壇
（陳澄波收藏剪報）

1934.9.21 魏清德致陳澄波明信片
敬頌夏祺！ 甲戌年夏 潤庵

吳文龍

- 1889-1960，嘉義人
- 字百樓，漢學扎實，擅長漢詩與書法，活躍於詩壇，是 1911 年羅山吟社、1926 年琳瑯山閣詩仔會、1927 年鴉社書畫會、1930 年連玉詩鐘社的共同創辦人或發起會員。1921 年加入臺灣文化協會，參與社會運動。1932 年兼任臺灣新民報記者

1934.10.10 吳文龍致陳澄波明信片
南国は天晴れ。はすと菊日和（南國天晴。是賞蓮和賞菊的良日）
昭和九年十月十日
山櫻生

1934.10.12 吳文龍致陳澄波明信片
依德和女史瑤韻謹
祝帝展入選
如椽老華氣橫秋，國院之徑夙志酬，
一例棘圍鏖戰處，更□姓字占鰲頭
甲戌秋日 百樓急就

張李德和

- 1893-1972，雲林人
- 字連玉，號羅山女史、琳瑯山閣主人，亦曾自署襟亭主人、逸園主人。1910 年畢業，先後任教於斗六公學校、西螺公學校、嘉義公學校。1941 年被推舉為嘉義署聯合保甲婦女團團長，戰後則歷任嘉義救濟院董事長、臺灣省臨時省議會第一屆省議員、明華家事補習學校董事長、臺中書畫展委員、內政部禮俗研究委員會委員、保護養女會主任委員、蘭花盆栽展覽會會長等職

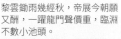

1934.10.10 張李德和致陳澄波明信片
黎雲鋤雨幾經秋，帝展今朝顯又酬，一躍龍門聲價重，臨淵不數小池頭。
甲戌季秋 連玉 澄波畫伯

1936.11.17 張李德和致陳澄波明信片
屢承雲□敬悉□禮安吉不勝欣慰京畿風物可人大揮主□定不□負此行拭眼以待之
丙子 17/11

1935 年蔡麗邨（坐者右一）、陳澄波（坐者右二）與張李德和（抱小孩者）、張錦燦（站者左一）合攝於張家庭院。

1940.5.5 霧峰林家下厝林資彬（前排左十一）長男林正雄（前排左十三）與張錦燦（前排右九）女兒張敏英（前排右十一）結婚紀念照。陳澄波（前排右十）當證婚人。前排右七為張李德和。

乙亥重九（1935 年重陽節）為曹秋圃先生惜別紀念。前排左一為張李德和、左四為曹秋圃；二排左一為張錦燦、左四為陳澄波。

約 1940 年張李德和和女兒張麗子府展特選祝賀會紀念。前排右六為張李德和，後排右五為陳澄波。

張錦燦與張李德和夫婦 1931 年於所開設之諸峰醫院創立嘉義產婆講習所，圖為約 1936 嘉義產婆講習所卒業紀念照，方格中右一為張錦燦、左二為張李德和，前排坐者右四為陳澄波。照片錄自嘉義市文化局 2002 年出版之《嘉義寫真 第二輯》43 頁。

1940.12.15 於嘉義公會堂張李德和膠彩畫展場內合影。前排左起為林榮杰、翁焜輝、陳澄波、張李德和、矢澤一義、林玉山、蔡欣勳、盧雲生；後排左起為池田憲男、石山定俊、翁崑德、戴文忠、黃水文、李秋禾、莊鴻連、朱芾亭。

陳澄波（前排右一）與友人合影。後排右一為張李德和抱小孩，左二為張錦燦。

壽山福海
紙本水墨
40.2×150.9cm
1943

張李德和　蝴蝶蘭
1939　第二屆臺灣總督府美術展覽會特選（陳澄波收藏之照片）

1937.11.5 歡迎王逸雲遊歷嘉義攝影於張宅逸園。前排左起為張李德和抱小孩、王逸雲、張錦燦、陳澄波；後排左起為黃水文、翁崑德、□□□、翁焜輝、林玉山。

張李德和（二排左二）、張錦燦（後排左一）家族照（陳澄波收藏之照片）

曹容

· 1895-1993，臺北人
· 字秋圃，號老嫌，原籍福建漳州。致力於書法國學教育八十餘年，弟子遍布海內外，對於臺灣國學書法發展貢獻匪淺，曾獲行政院文化建設委員會頒發枝國家文藝貢獻獎。擅長書法

挽瀾室　紙本水墨　22.5×121.2cm　1935
澄波先生為吾臺西畫名家，曾執教於滬上。
嘗慨藝術不振。於余有同感。
故題此以名其室冀挽狂瀾于萬一耳。
歲乙亥重九日老嫌秋圃并識古諸羅寓邸。

水社海襟詠之一　紙本水墨　135.6×33cm　年代不詳
一盤盤上逐飛颺，摩托周於未敢驕。
舉首看山煙過眼，不知野菜是芭蕉。
水社海襟詠之一
曹容秋圃

陳虛谷

· 1896-1965，彰化人
· 原名陳滿盈，筆名：一村、依菊、醉芬。日本明治大學畢業，是日治時期臺灣文化協會的重要成員。1932 年《臺灣新民報》創刊，他與林攀龍、賴和、謝星樓等人出任編輯委員，負責學藝部。有小說、新詩、漢詩作品傳世，著有詩集《虛谷詩集》、《陳虛谷選集》、《陳虛谷作品集》等

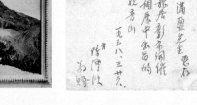

背後文字：
陳滿盈先生惠存
旅居彰市開催個展中出品的觀音山一九三八、三、廿六
弟 陳澄波 敬贈

朱芾亭

· 1904-1977，嘉義人
· 本名朱木通，號盧秋，工詩書，善南宗畫。曾加入玉峰吟社。1928 年加入「春萌畫會」，是創始會員之一。曾赴上海蘇杭寫生。作品曾五次入選臺灣美術展覽會。1967 年以 63 歲高齡考取中醫師執照，將中醫臨床經驗編輯成書，出版後頗受研究中醫者的喜愛

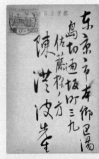

1934.10.10 朱芾亭致陳澄波之明信片

林玉山

· 1907-2004，嘉義人
· 本名林金水，後更名為英貴，號雲樵子、諸羅山人、桃城散人
· 父親為民間畫師兼裱畫師傅。1922 年，他開始師學畫家伊阪旭江
· 1926 年赴日，先就學於東京川端畫學校研習西畫科，後轉入日本畫科。1927 年入選「臺展」第一屆東洋畫部時，不過 19 歲，與陳進、郭雪湖被稱為「臺展三少年」。其後林玉山連續入選臺展，並與嘉義的畫家共組「春萌畫會」，繪畫之餘，林玉山也熱衷經學、詩文的研習，1930 年起，先後加入「鷗社詩會」、「玉峰吟社」、「花果園修會」，與名儒士紳研究詩文，使其繪畫有「詩」的意境。1940 年加入臺陽美術協會。後來任教於嘉義中學、靜修女中與臺灣師範大學

1926 年陳澄波（後排右一）與東京上野（上車坂町）宿舍的同學留影。前排左一為林玉山。

約 1940 年張李德和和女兒張麗子府展特選祝賀會紀念。前排右六為張李德和，後排右五為陳澄波。

1937.11.5 歡迎王逸雲遊歷嘉義攝影於張宅逸園。前排左起為張李德和抱小孩、王逸雲、張錦燦、陳澄波；後排左起為黃水文、翁崑德、□□□、翁崑輝、林玉山。

1940.12.15 於嘉義公會堂張李德和膠彩畫展場內合影。前排左起為林榮杰、翁焜輝、陳澄波、張李德和、矢澤一義、林玉山、蔡欣勳、盧雲生；後排左起為池田憲男、石山定俊、翁崑德、戴文忠、黃水文、李秋禾、莊鴻連、朱芾亭。

林玉山〈山羊〉1928（陳澄波收藏）

林玉山〈庭茂〉1928（陳澄波收藏）

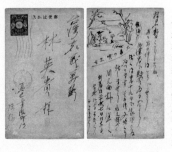

1926.12.8 陳澄波致林玉山明信片（圖片提供：林柏亭）
林君，好久不見。對了，那件事怎麼樣了？別來無恙，你正在努力不懈吧？
我下個月 19 日因家裡有事必須回去一趟，那件事我們再慢慢聊好嗎？林桑！請幫我問候周元助君。
我回到家的時間大概是 26 或 27 日，因為要先去臺北。
再見！

竹石習作（一）
紙本水墨
98.5×31cm
1926

竹石習作（二）
紙本水墨　98.5×31cm
1926
丙寅年於川端繪畫學校
學畫時之習作
己未初秋
桃城人玉山記

竹林與水牛　紙本水墨
133×38.5cm　1926
此畫乃五十三年前初以
水墨寫生風景之試作，
自覺無筆無墨，稚拙異
常。難得重光君保存不
廢，於今重見，感慨之
餘記數語以留念。
時己未孟夏，玉山。

1931.7.27
陳澄波致林玉山明信片
（圖片提供：林柏亭）
玉山先生大鑑
本秋的大作繪好了嗎？祝你第
二次再能夠達到特選！
弟這次繪畫二三張太湖景緻，
這一張即其中之一，本秋想要
提出帝展出品，寫了這一張來
作，暑暇問候你！並祝藝術日
昇請對周先生令兄等請安！

1934.10.19
林玉山致陳澄波明信片
恭喜！真恭喜！真是天不負人
之志，若先生之努力苦鬥，實
令人感服。余亦何時可追隨龍
尾否，念念。
是日接讀華翰，聞廿五左右歸
臺，弟之個展預定來月三、四
兩日，當時恰逢歸駕，請在北
會會，場所臺日社三階。
林玉山

謝雪濤

· 生卒年不詳，臺灣人
· 曾入選全國書道展（參閱《臺灣日日新報》日刊
　7版，1937.12.5）

翁森‧四時讀書樂（部分）　紙本水墨
131×33cm　年代不詳
好鳥枝頭亦朋友
落花水面皆文章
雪濤書

陳澄波交友表（日本）

姓名／簡歷	往來史料
岡田三郎助 · 1869-1939，佐賀縣人 1897 年留學法國，受 Louis-Joseph-Raphaël Collin（1850-1916）指導 1902 年歸國後任教於東京美術學校。 · 1912 年與藤島武二成立本鄉洋畫研究所	 岡田三郎助
正木直彥 · 1862-1940 · 東京美術學校校長	· 昨日正午，日本東京美專校畢業在滬同學江小鶼、陳抱一、汪亞塵、王道源、許建、陳澄波諸氏，及上海新華藝專校代表俞寄凡氏、爛漫社代表張善孖氏、藝苑代表金啟靜女士發起，假覺園佛教淨社，宴請最近來滬游歷之東京美專校長正木直彥氏及其公子與畫家渡邊晨畝氏等，與會者有日本代理公使重光葵、與堺與三吉、飯島、宋里玫吉、及王一亭、狄平子、張聿光、王陶民、錢瘦鐵、汪英賓、李祖韓、馬孟容、榮君立、李秋君、魯少飛諸氏等，海上畫家聚首一堂，賓主盡歡，并攝影而散。—〈中日名畫家之宴會參加者有重光葵等〉《申報》第 15 版，1931.1.26，上海：申報館 · 接下來要說的是，先前一月二十五日，招待母校校長正木老師的事。聽到正木老師要來中國，我們都高興的不得了！作為汪亞塵（西洋畫畢業）從東京美術學校畢業的代表，帶正木老師去參觀杭州的西湖。老師在當地停留了三、四天，就近欣賞具有千年以上歷史的各個佛寺的雕刻和名畫，一月二十三日下午回到上海來。一月二十五日，還勉強忙碌的正木老師吃簡單的素食宴。因為我們想老師是非常虔誠的佛教徒，所以就在寺廟的覺林中招待了老師。 · 由六位從美術學校畢業的學生當發起人，得到上海美術研究團體的支持，當天共有三十名的現代知名畫家和美術相關人士參加，隆重地招待老師。由當（天）的宴會中，英國租界公部局（警察署）的印度警察借保護的名義前來巡視，警察和美術家原本是合不來的，這是因為英國租界當局為了來向正木老師表示最大敬意所致。 · 當天，日本方面來參加的有正木老師、正木公子（老師兒子）、總領事重光。（中國方面）有國畫家王一亭、張大千、李秋君、馬望容、西洋畫家陳抱一、汪亞塵、江小鶼（鶼）、黃（許）達、陳澄波等。……— 1931.2.3〈在上海的陳澄波寄給師範科教官室的信〉刊於《東京美術學校校友會月報》第 29 卷第 8 號，頁 18-19，1931.3，東京：東京美術學校

藤島武二

· 1867-1943，出身鹿兒島 1896 年東京美術學校新成立洋畫科，在黑田清輝的推薦下擔任助理教授，1905 年四年間留學歐洲、巴黎、羅馬，學成歸國後，任教於東京美術學校
· 1912 年與岡田三郎助設立本鄉洋畫研究所 1933 年來臺三年，期間擔任臺灣美展評審

1935 年 11 月李梅樹於三峽自宅宴請畫友。左起為顏水龍、李梅樹、洪瑞麟、立石鐵臣、梅原龍三郎、陳澄波、藤島武二、鹽月桃甫。

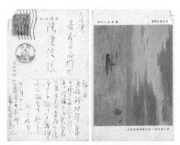

1935.11.12 藤島武二致陳澄波之明信片
拜啓：前幾天停留貴地，承蒙多方照顧，還得惠贈精美紀念品，更不惜遠道前來送行，由衷感謝，先在此致謝。勿此。
十一月十二日
東京市本鄉 藤島武二

石川欽一郎

· 1871-1945，靜岡縣人，水彩畫家，別號一廬 1889 年自東京電信學校畢業後，進入大藏省印刷局的雕刻科工作，在此同時他與畫家石井柏亭成為同事，皆喜歡水彩畫的兩人常相約旅行寫生
· 1891 年石川欽一郎加入了明治美術會，與淺井忠及川村清雄結識
· 1899 年到 1900 年前往歐洲學習
· 1900 年春擔任陸軍參謀本部通譯官
· 1907-1916 來臺擔任通譯官，並兼任臺北中學校與臺灣總督府國語學校的囑託（相當於約聘老師），教授繪畫
· 1922 年赴歐洲遊學 1924 年再次來臺
· 1927 年與鹽月桃甫、鄉原古統、木下靜涯等人向臺灣總督府提議舉辦「臺展」

1933.11.21 石川欽一郎致陳澄波之書信

1934.08.15 石川欽一郎致陳澄波之書信

1934.10.13 石川欽一郎致陳澄波之明信片

1935.01.23 石川欽一郎致陳澄波之明信片

石川欽一郎

石川欽一郎著《洋畫印象錄》1912.6.20，東京：目黑書店

石川欽一郎著《泰西名畫家傳 コンステブル（Constable ／康斯塔伯）》1921.9.30，東京：日本美術學院

石川寅治

· 1875-1964，高知縣人，畫家

1934.08.22 石川寅治致陳澄波之明信片
夏末之際，向您問好。
謹悉尊體健康、致力於創作，至為欣慰。
由衷期待您傑出作品的發表。八月二十二日

石井柏亭

- 1882-1958，東京人
- 原名石井滿吉，日本著名的西洋畫家。善油畫、水彩畫，亦長於日本畫，用筆簡潔明快，色調清淡，具有獨自的寫實風格
- 1913 年創立日本水彩畫會。曾多次遊歷歐美各國
- 1919 年 4 月，石井柏亭赴歐洲考察後訪問了上海，受到上海美術界的注目

1936.01.01 石井柏亭致陳澄波之明信片
恭賀新禧
昭和十一年元旦
東京市荒川區日暮里渡邊町一 三五
石井柏亭

1937.01.01 石井柏亭致陳澄波之明信片
恭賀新禧
昭和十二年元旦

長谷川昇

- 1886-1973，福島人，畫家
- 1905 年入東京美術学校西洋畫科
- 1911-1915 渡歐
- 1921-1922 再次渡歐
- 1923 年組織春陽會
- 1937 年擔任文展審查員
- 1938 年退出春陽會

1933.01.05 長谷川昇致陳澄波之明信片
恭賀新禧
東京市小石川區駕籠町一三六
長谷川昇

1936.01.01 長谷川昇致陳澄波之明信片
A Merry Christmas and a Happy New Year
長谷川昇

鹽月桃甫

- 1886-1954，日本宮崎人，本名善吉，家姓永野，畫家
- 1921 年抵達台灣從事美術教育工作，擔任台北高校以及台北第一中學美術教師
- 1927 年他和石川欽一郎、鄉原古統，以及木下靜涯等人聯手創辦了台展

立石鐵臣

- 1905-1980，生於台北市，灣生畫家，為「台陽美術協會」其中一位的發起人

1935 年 11 月李梅樹於三峽自宅宴請畫友。左起為顏水龍、李梅樹、洪瑞麟、□、立石鐵臣、梅原龍三郎、陳澄波、藤島武二、鹽月桃甫。

深川繁治

- 1887-?，出身佐賀縣
- 1912 年東京帝國大學法科大學法律學科畢業臺灣總督府官僚
- 臺灣美術展覽會副會長

1936.09.29 深川繁治致陳澄波之書信
謹啟：
時值初秋，天氣涼爽宜人，敬祝健康、幸福。
第十回臺灣美術展覽會的會期已近在眼前，想必台端正為此努力創作不懈吧？台端是大眾推崇的本島畫壇之權威。是以本會期盼台端今年也能提供精彩作品來參展。展覽會場如往年一樣，設於教育館，但如您所知，因為場地狹隘小，所以連無鑑查（免審查）資格的各位，也將無法按照規定，展出三件作品，尚祈見諒。
另外，台端的大作，請附上參展順序。
此致
陳澄波先生
昭和十一年九月二十九日
臺灣美術展覽會副會長 深川繁治敬上

梅原龍三郎

- 1888 - 1986，京都人
- 梅原 15 歲決心踏上繪畫之途，遂入關西美術院，隨淺田忠學習西洋畫家的觀點和技術；20 歲留法時，更被雷諾瓦譽為天生的色彩家
- 1913 年歸國後，相繼參與二科會、春陽會、國畫會等美術團體的創立。梅原龍三郎曾多次來台灣旅遊寫生，並擔任「台展」審查委員，對早期台灣畫壇及畫家頗有影響

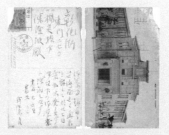

1933.11.26 梅原龍三郎致陳澄波之明信片
多謝您陪伴出遊！
台灣有趣至極，希望有機會再次來訪。
明天二十七日搭船出發。
停留台中之際，承蒙好意，表心感謝！
十一月二十六日
□□□□□□梅原龍三郎

1935 年 11 月李梅樹於三峽自宅宴請畫友。左起為顏水龍、李梅樹、洪瑞麟、立石鐵臣、梅原龍三郎、陳澄波、藤島武二、鹽月桃甫。

1934.08.15 梅原龍三郎致陳澄波之明信片
多謝來信！之前與郭翁兩君見面，在貴地到處旅行，有許多快樂的回憶。東京現在的酷熱天氣也不輸貴地。
八月十五日
梅原龍三郎

1935.11.16 梅原龍三郎致陳澄波之明信片
在貴地滯留期間，承蒙您的好意，表心感謝！還要謝謝您送我那麼好的土產，□的□□帶回去了。去九州旅行，昨天才回到家。
十六日
梅原龍三郎

早川雪洲

- 1889-1973，出生於日本千葉縣安房郡千倉町（現南房總市）
- 本名早川金太郎，青年時赴美國芝加哥大學攻讀經濟學，後活躍於好萊塢等歐美電影界，是第一位在西方電影界達到頂峰成就的日本人。晚年參與《桂河大橋》的演出，並獲提名為 1957 年的奧斯卡最佳男配角獎

1936.4 早川雪洲致陳澄波之明信片
拜啟：
適逢櫻花盛開的好季節，敬祝闔府安康。此次應山本營業部的邀請，預定二十五日、二十六日兩天，在貴地與大家見面，是本劇團全體團員的榮幸。
演出的戲曲也是特別挑選在日本内地深受好評的作品，精心安排，懇請給予我們比在銀幕上更多的愛顧與支持。謹此通知。
昭和十一年四月 早川雪洲及全體團員 敬上

大久保作次郎

- 1890-1973，生於大阪市 1915 年畢業於東京美術學校西洋畫科續入研究科，1918 年結業
- 1911 年首次入選文展，1916 年起連續三年獲得特選
- 1923-1927 年滯留法國。參展帝展、新文展並擔任審查員

約 1929-1933.01.31 大久保作次郎致陳澄波之明信片
賀年卡收到了，謝謝！
我目前到房州旅遊，在當地逗留。
您的賀年卡讓我想起了上海和蘇州的明媚風光，很想前往。期望您精彩作品的完成。
一月三十一日

山田東洋

- 1899 生
- 1938 台陽會友
- 入選槐樹社、旺玄社、白日會
- 作品曾入選第 8-10 回台展及第 1-2 回府展

1935.07.15 山田東洋致陳澄波之明信片
盛夏之際，在此向您問候！
七月十日
台北市京町　山田東洋

糟谷實

- 約 1902-1972
- 1924 年東京美術學校師範科入學，1927 畢業 1928 年 10 月油畫研究科入學，1931 年畢業 1929 年聖德太子奉贊美術展入選
- 1930、31、32、33、35 年帝展入選
- 1952 年創元展入選 1953 年創元會會員

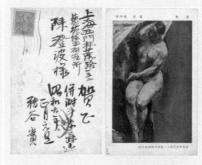

1931.01.01 糟谷實致陳澄波之明信片
恭賀新禧
一併致歉平日之疏遠。昭和六年元旦
糟谷實

南政善

- 1908-1976，生於石川縣羽咋郡
- 1920 年東京美術學校入學，師事藤島武二
- 1924 年帝展初入選
- 1925 年東京美術學校油畫科畢業
- 1939 年、1941 年新文展特選
- 光風會會員

1937.01.12 南政善致陳澄波之明信片
恭賀新禧
丁丑一月
元旦一早便往伊豆那邊旅行，前幾天才回東京，以致於賀卡寄遲了。十分抱歉。
東京市豊島區長崎東予一九七七
南政善

安西勘市

- 1912-1951
- 台中師範畢
- 師石川欽一郎
- 任教中市新高國校、白川公學校、台中二中
- 作品曾入選 1941-1943 第四至六回府展

陳澄波與青辰美術協會會員合影，左起為翁焜輝、翁崑德、張義雄、劉新祿、陳澄波、安西勘市、林榮杰、林夢龍；右上方照片為戴文忠。

新野格

1934.10.16 新野格致陳澄波之書信
拜啓：
謹祝健康、快樂。
閣下此次光榮入選我國藝術最高競技的帝展，可謂是您平日精進不懈的結果，想必您一定非常滿意，恭喜您！我前幾天在大阪朝日報上看到入選者名單中有閣下的大名，深深覺得您不愧是本市，不，本島之光，心中十分感動。作為一介市民，在此由衷獻上賀詞，同時也祝福您未來的發展更加活躍。
且以此短信，聊表祝賀之意。此致
陳澄波先生
十月十六日
嘉義市南門町二之八十七號 新野格敬上

川添修平

- 嘉義市尹

1935.02.09 川添修平致陳澄波之書信
謹啓：
時值初春，敬祝健康、幸福。
本市此次刊行市制施行五週年紀念誌，承蒙
惠賜玉稿，託您的福，今已順利完成印刷，
奉寄一冊以茲感謝。此致
陳澄波先生
昭和十年二月九日
嘉義市尹 川添修平敬上

深谷栖州

1938.11.3 深谷栖州致陳澄波之書信
＊僅存信封

UN.12.6 深谷栖州致陳澄波之書信
＊僅存信封

黑川純子、白尾安子、太田とき子、平田司

＊僅存信封與照片
1942.10.25 太田とき子樣の送別記念撮影。左起陳澄波、黑川純子、白尾安子、太田とき子；蹲者為平田司。

八代豐吉
‧嘉義郵便局

1927.10.19 八代豐吉致陳澄波之書信
欣聞您再次入選，謹寄數語，聊表祝賀。
敬悉大作乃是從本局棟內描繪噴水池畔，更具紀念價值。
嘉義局 八代豐吉

川村伊作
‧1917 東美校師範科畢，任教台南高等女學校曾入選第一回臺展

1935.01.01 川村伊作致陳澄波之明信片
恭賀新禧
元旦

西川玉春

1933.01.05 西川玉春致陳澄波之明信片
恭賀新春
昭和癸酉年之願望 尼崎市南塚內
西川玉春

岩田民也

1933.01.10 岩田民也致陳澄波之明信片
恭賀新禧
賀正 皇紀二五九三年元旦
又來此一遊了。聽說您去參觀帝展了。您的活躍，聞之甚喜。敬祝 貴體健康、畫藝精進！

明石啟三

1933.08.09 明石啟三致陳澄波之明信片
時欲入炎暑，懇祈珍重自愛。
前幾天收到您寄來珍貴的皇帝豆，感謝之至。
本應立即道謝，卻因瑣事纏身，以致於拖延至今，甚感抱歉，還望海涵。謹此致謝！再見！

太平生

1934.11.18 太平生致陳澄波之明信片
拜啟：秋涼時節，一切可好？雖嫌稍晚，但在此祝賀您順利入選帝展。今日上京，拜見閣下大作，心折不已。也見到了許久未謀面的池田君。匆此。

石川一水
· 台中台灣新聞社

1935.01.01 陳澄波致石川一水
恭賀新禧
正月一日

今井伴次郎
· 群馬出身
· 1911 年東美圖畫師範畢業。東京府立第三女學校教諭。作品曾入選帝展

1936.01.01 今井伴次郎致陳澄波之明信片
恭賀新禧　一月元旦
昭和圖畫研究會　今井伴次郎　東京市麻布區飯倉片町七號

和田季雄

1936.09.07 和田季雄致陳澄波之明信片
多謝你捎來的盛夏問候！
今年夏天非常炎熱，即便快結束了也還是熱得不得了。很高興知道你健康平安，我也很好，只是大約兩年前離開學校了。也想去台灣一趟，但始終提不起勁來。
昭和六年夏天從歐洲回來，八年去了一趟美國。
九月七日　和田季雄
東京市牛込區天神町七六

田中友□

1940.01.01 田中友□致陳澄波之明信片
恭賀新禧
紀元二千六百年
元旦

末永春好

1940.08.30 末永春好致陳澄波之明信片
拜啓：
夏末時節，敬祝闔府安康！
以筆參與聖業整整三年，今奉命於□日退
役還鄉。當踏上想念的母親的土地時，真
是感慨萬千。我出征時，老是受您照顧，
非常感激。謹此表達感謝之意！

末永春好致陳澄波之明信片
酷暑之際，別來無恙，在此向您問安。南
的戰場尤其異常炎熱，此地的風土、天候
更是惡劣之至。即便如此，我等也是元氣
百倍，為貫徹聖戰的目的而邁進，請大家
放心。順頌
　夏祺　春好　敬上

梅原

UN.10.09 梅原致陳澄波之明信片
王老師於十一日下午八點抵達東京。
麻布區新龍土町六
梅原
十月九日傍晚

* 簽名只有簽「梅原」且筆跡與其他「梅
原龍三郎」寫的明信片的不一樣，應非
梅原龍三郎

渡邊竹亭

趙孟頫 · 天冠山題詠詩帖 - 仙足巖
1937
紙本水墨
116.3 × 28.3cm

窈窕石屋間中有仙人躅
說與牧羊兒慎莫傷吾足
丁丑晚春竹亭山人書

橫山雄

李白 · 子夜吳歌 - 秋歌
年代不詳
紙本水墨
115.5 × 37.1cm
長安一片月，萬戶擣衣聲。秋風吹不盡，
總是玉關情。何日平胡虜，良人罷遠征。
竹亭書

前田

風景
1921
紙本水彩
15.6×21.4cm

川村

風景
1921
紙本水彩
26.1×34.4cm

堀越英之助
· 作品曾獲 1926 年光風會第 13 回展覽會光風賞，作品曾入選 1932 年第六回臺展

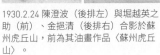

1930.2.24 陳澄波（後排左）與堀越英之助（前）、金挹清（後排右）合影於蘇州虎丘山，前為其油畫作品〈蘇州虎丘山〉。

1930.2.24 陳澄波（中）與堀越英之助（右）、金挹清（左）合影於蘇州虎丘山。

齋藤牧次郎
· 岡山縣御津郡馬屋下村人
· 曾任高雄第一公學校第三任校長

1941 年蒲添生（後排右二）塑造之〈齋藤牧次郎胸像〉開幕合影。後排右三為陳澄波、坐者右一為齋藤牧次郎本人。

松井奈駕雄、島田廉太郎、首藤かしみ

陳澄波與友人合影。
前排右起為：翁焜輝、松井奈駕雄、林夢龍、島田廉太郎、翁竹□；後排右起為：賴稚友、陳澄波、首藤かしみ、林榮杰。嘉義城隍廟後施寫真館攝影。

陳澄波交友表（韓國）

姓名／簡歷	往來史料
林應九 · 1907-1994，生於釜山，曾至日本學習西洋畫，作品曾入選帝展 · 1936 年娶日本人為妻，後入籍日本改名為伊藤應九	 1929-1933 林應九致陳澄波之明信片 目前在上野舉辦中 陳老師： 好久沒跟您聯絡，請見諒。一切都還好嗎？我也打算回鄉製作參加帝展的作品，大概會在七月中旬左右。託您的福，我也入選了一些展覽會，謝謝大家的祝賀！尚請告知您的近況。
崔承喜 · 1911-1969，生於漢城，1926 年赴日本學習並研究現代舞、芭蕾舞以及其他各類舞蹈，是朝鮮女舞蹈家、舞蹈教育家，是開拓朝鮮現代舞蹈的先驅 · 1929 年回到朝鮮後，在漢城積善洞開辦了舞蹈研究所，並立志復興朝鮮民族舞蹈。 · 1936 年崔承喜在台北大世界劇院演出，後來又到台中戲院公演，散場後接受張深切的專訪，共同表達了殖民地人民的悲哀。台灣的舞蹈前輩如林明德、蔡瑞月、李彩娥等人，都曾赴日本學習舞蹈，師承崔承喜	 韓國舞蹈家崔承喜像。 陳澄波收藏之照片。
李松坡 · 生卒年不詳，朝鮮人	 歲寒三友圖　畫纖板水墨 27.3 × 24.2cm　1927 歲寒霜雪裏，三友共深情。 丁卯冬於東都客中 玉川山人李松坡寫意 山水　畫仙板水墨 27.3 × 24.2cm　年代不詳 東國金剛出，中州五嶽低 其下多仙窟，王母恨生西 松坡道人
朝鮮總督府	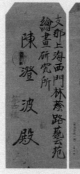 * 信件遺失，只留信封 約 1929-1933 朝鮮總督府致陳澄波之書信

陳澄波交友表（中國）

姓名／簡歷	往來史料

鄭貽林
- 1860-1925，福建泉州人
- 鄭貽林，字登如，號紹堂。原籍福建泉州，清光緒年間渡臺至鹿港設席，遂定居當地。日治後，於明治卅年（1897）與鹿港洪棄生、許劍漁，苑里蔡啟運，聚集兩地文人，成立「鹿苑吟社」

文行忠信　紙本水墨
29.5×78.7cm　1917
丁巳年春月鄭貽林書

心曠神怡　紙本水墨
29×81.7cm　1917
丁巳冬月
鄭貽林書

黃燧弼
- 1879-1937，廈門人
- 幼年就讀於同文書院。因深得院長的愛惜，獎助其赴菲律賓學習美術。畢業後回廈門，以其西洋畫而名揚廈門
- 設真盧畫院在迎祥宮下，後擴為廈門美專
- 1929 年擔任廈門美專校長
- 廈門中山公園地球頂上臥獅，即其所塑
- 廈門淪陷時，避居新加坡直到病逝

UN.12.1 黃燧弼致陳澄波之明信片
敬啟者此次敝校寫生隊旅行
尊處多承
台端指導招待感激之私非可言喻
茲者該隊已於日前平安回校
敬此奉聞並申謝忱此致
陳澄波先生
廈門美術專門學校校長黃燧弼
十二月一日

張善孖
- 1882-1940，四川內江人
- 以畫虎聞名，號虎癡。其弟為張大千
- 曾任教於上海美專

楊清磐
- 1895-1957，浙江吳興人
- 工山水、人物
- 1919 年夏天發起天馬書畫會
- 30 年代參加中華民國第一屆美展，先後任教於城東女學，上海美專等

張大千
- 1899-1983，四川內江人
- 從小隨母親學畫
- 1917 年與兄長同赴日本京都，學習繪畫及織染工藝
- 1919 年返上海，拜曾農髯、李梅庵為師，學習詩文書畫，受石濤跟八大山人的影響很深
- 1929 任第一屆全國美展幹事，1977 年定居臺灣

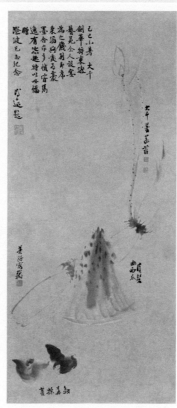

五人合筆　紙本設色
81×36cm　1929
己巳小暑　大千
劍華將東渡
藝苑同人設宴
為之餞別即席
乘酒興發為豪
墨合作多幀皆雋
逸有深趣特以此幅
贈
澄波兄志紀念　濟遠題
大千著菡萏
善孖寫藕
清磐畫西瓜

張聿光

- 1885-1968，浙江紹興人
- 1914 年秋任上海圖畫美術院（上海美術專科學校前身）校長
- 1919 年參與創辦研製生產繪畫顏料的上海馬利工藝廠
- 1928 年任上海新華藝術專科學校副校長
- 曾為中國美術家協會會員、美協上海分會理事、上海市文史館館員

燭台與貓　紙本設色
131.8 × 32cm　年代不詳

俞寄凡

- 1891-1968，江蘇吳縣人
- 現代畫家、美術教育家。又名義範。南京兩江優級師範學堂畢業，曾任江蘇省立第二師範學校教師。1915 年春，在滬參加洋畫研究機構東方畫會，1916 年夏赴日本留學，先入川端畫學校習洋畫，1917 年入東京高等師範學校圖畫手工部學習
- 1921 年夏畢業返滬，曾任教育部新學製課程標準委員會藝術科課程綱要起草員、江蘇省教育會美術研究會評議員，上海美術專科學術教授兼師範部主任、高等師範科西洋畫主任，上海藝術學會會長，《新藝術》(半月刊) 主編

1930.10.1 新華藝術專科學校西洋畫教授聘書
茲敦聘
先生擔任本校西洋畫教授每周授課式拾一小時每月奉薪壹百元正專此謹上
陳澄波先生台鑒
新華藝術專科學校校長俞寄凡
十九年十月一日
本約有效期限自十九年十月一日至二十年壹月卅一日

1930.11.20 新華藝術專科學校福建同學會攝影。前排右一為陳澄波，右二為校長俞寄凡。

朱屺瞻

- 1892-1996，祖籍江蘇
- 名增鈞，號起哉，又號二瞻老民，齋名梅花草堂、癖斯居、養菖蒲室、修竹吾廬等
- 1928 年 10 月，與王濟遠、江小鶼、李秋君、張辰伯、潘玉良等創辦藝術繪畫研究所
- 1931 年任上海新華藝專教授。1933 年出資營造新華藝專繪畫研究所。次年任研究所主任兼導師，同時教授國畫和西畫。在該所任教的還有龐薰琹、汪亞塵、楊秀濤等

《朱屺瞻畫集第一集》
1930，上海：藝苑出版部
封面題字：澄波先生　教正
朱屺瞻謹贈

張辰伯

- 1893-1949，江蘇無錫人
- 近代雕塑家、畫家。寓居上海，是天馬畫會的成員
- 1925 年起專攻雕塑，曾任上海美術專科學校教授
- 1928 年與江小鶼發起組織藝苑繪畫研究所。又參加上海中華藝術教育社
- 1930 年任新華藝專西畫系教授

王濟遠

- 1893-1975，江蘇武進人
- 曾任上海美專教授和教務長，長達 12 年之久
- 1920 年於上海參加西洋畫社團「天馬會」
- 1927 年創辦「藝苑繪畫研究所」
- 1941 年又赴美國，創辦華美畫學院

諸聞韻

- 1894-1938，浙江孝豐人
- 歷任上海、新華、昌明等藝術專門學校中國畫系教授、系主任，後任國立中央大學藝教系和國立藝專（中國美術學院前身）中國畫系教授

山水　紙本設色　34.9 × 33.8cm　年代不詳
澄波先生正
辰伯敬贈

新華藝術專科學校，對於課程，向來注重，本學期為發展國畫系，除該系原有教授張聿光、俞劍華、熊松泉等外，特加聘黃賓虹、張善孫（孖）、張大千為教授，西畫系除原有教授陳澄波、汪荻浪、柳演仁外，再聘定潘玉良、張辰伯兩名畫家為教授……——〈新華藝專發展計劃〉《申報》第 12 版，1930.9.1，上海：申報館

陸游 · 夏日雜詠
紙本水墨
68 × 43cm　年代不詳

馬孟容花鳥畫集
贈澄波兄 濟遠

王濟遠致陳澄波明信片
恭祝
澄波同志　新年進步　濟遠客巴里

1. 《第三回王濟遠個人繪畫展覽會出品圖目》1928 秋，上海：上海西門林蔭路藝苑
2. 《王濟遠歐游作品展覽會集 第一輯》1931.9.25，上海：文華美術圖書公司。書內題字：澄波同志 惠存 濟遠
3. 《王濟遠歐游作品展覽會集 第二輯》1931.9.25，上海：文華美術圖書公司。書內題字：澄波同志 惠存 濟遠
4. 《王濟遠畫展》1933

1931 年藝苑繪畫研究所師生合影。前排右起為魯少飛、王濟遠、潘玉良；後排右四為陳澄波，其後為油畫〈紅襪裸女〉。（圖片提供：李超）

五人合筆
紙本設色
81 × 36cm　1929

紫藤
紙本設色
122 × 52cm
1933

墨梅
紙本水墨
73.5 × 40.4cm
1933

墨荷
紙本水墨
72 × 40cm
1933

王逸雲

· 1894-1981，福建晉江人
· 曾經擔任廈門美專的教務長，為 1948 年 11 月創立的青雲美術會成員之一，後來臺任臺大總務長

1927 年王逸雲（左三）旅日時與陳澄波（右二）及友人攝於東京美術學校門前。

1937.11.5 歡迎王逸雲遊歷嘉義攝影於張宅逸園。前排左起為張李德和抱小孩、王逸雲、張錦燦、陳澄波；後排左起為黃水文、翁崑德、□□□、翁崑輝、林玉山。

1937 年 11 月上旬陳澄波、林江水、郭水生（前排左起）、黃蓮汀、王逸雲（後排左起）攝於赤崁樓。

1937 年王少濤、王逸雲、郭水生、黃蓮汀（由前至後）同遊赤崁樓時合影，並將此照片送給陳澄波留念。

牡丹　紙本設色
134.5 × 35cm
年代不詳

1928.4.26
王逸雲致陳澄波明信片 表初夏問候之敬意 四月二十六日 廈門繪畫學院王逸雲
請代我向贊同的諸君問好。匆此。

1928.07.30 王逸雲致陳澄波明信片
贈
陳澄波藝兄惠存
思明教育會慰勞北伐洋畫展覽會之出品
秋之晨　逸雲作
民國十七年七月卅十日

鄧芬

· 1894-1964，廣東南海人
· 字誦先，號曇殊，別署從心先生。除善畫花卉外，還擅人物。畫鳥雀，三幾筆就生氣蓬勃，意趣生動，故有「鄧芳三筆雀」之稱
· 1929 年 4 月應廣東省教育廳廳長黃晦聞之邀，以廣東國畫研究會代表身份出席于上海舉行的教育部第一次全國美術展覽會

山水　紙本水墨
34.9 × 33.7cm
年代不詳
呂半隱多為此法學作呈
澄波陳先生教　曇殊芬

江小鶼

- 1894-1939，江蘇吳縣人
- 原名新。江蘇吳縣（今屬蘇州）人。江標之子。受家庭薰陶，自幼愛好詩書、繪畫及古銅器紋飾。早年留學法國，先後學習素描、油畫和雕塑
- 1917 年前歸國，寓居上海，任上海美術專科學校西洋畫教授和教務主任
- 1928 年與張辰伯發起組織藝苑繪畫研究所

花卉　紙本設色
34.9 × 33.8cm　1930
庚午小集樂天
畫室塗贈
澄波兄聊以紀念
小鶼

汪亞塵

- 1894-1983，浙江杭縣（今杭州）人
- 名松年，改名亞塵，號雲隱
- 1915 年與陳抱一組建東方畫會
- 1916 年赴日留學
- 1921 年畢業於東京美術學校西畫系，同年回國，受聘於上海美術專科學校，任西畫教授，後兼教務主任
- 1928 年赴法國學習
- 1931 年在上海舉辦了旅歐作品展。後入新華藝術專科學校任教務長兼師範學校校長。汪亞塵擅長花鳥蟲魚，從西洋繪畫入手，並深研中國傳統技法，融合中西，以畫金魚著稱；三十年代，汪亞塵的金魚、徐悲鴻的馬、齊白石的蝦並稱三絕

1932.6.25 汪亞塵致陳澄波書信
澄波兄：
頃接來書知已到台灣，途中無留難，安然到達為慰。尊夫人病體究竟能醫治否？既入醫院必能調治，希望早日復原。
校中正在為藝術奮鬥，各同事均熱心，暑假准辦補習班，七月十八日開課，洋畫除吳恒勤外，又聘陳抱一擔任，九月間正式開學。
兄如有事，不妨緩日來滬，能早到亦所盼望，校中展覽會十一日起連開五日，情形甚佳，諸事勿念，謹頌
近好

1930 年秋上海藝術界同人歡宴汪亞塵先生伉儷於藝苑攝影。二排右三、右四為汪亞塵及其夫人榮君立；四排右四為陳澄波。

潘玉良

- 1895-1977，生於揚州
- 1921 年考取法國里昂中法大學，留學期間，先後在法國里昂國立美術學院、巴黎國立高等美術學院及義大利羅馬皇家美術學院學習繪畫和雕塑
- 1928 年初被聘為上海美術專門學校西洋畫系主任
- 1930 年任新華藝專西畫系教授
- 1937 年再次旅居巴黎，在法國居住長達四十年

1931 年藝苑繪畫研究所師生合影。前排右起為魯少飛、王濟遠、潘玉良；後排右四為陳澄波，其後為油畫 [紅襪裸女]。（圖片提供：李超）

潘玉良致陳澄波之明信片
萬國開畫展，
此 □ 在雪黎，
澳南春正好，
聊以祝新禧。
贊化、玉良同賀，元旦

俞劍華

· 1895-1979，山東濟南人
· 歷任上海愛國女子學校國文教員、上海新華藝術專科學校教授兼教務長、新華藝大國畫系主任，以及兼任上海美術專科學校教授等，並與與張大千同為上海藝苑學員

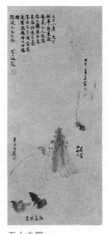

俞劍華

水閣清談
紙本設色
80×48cm
1929

五人合筆
紙本設色
81×36cm
1929

王賢

· 1897-1988，江蘇海門人
· 1930 年與吳東邁等創辦昌明藝術專科學校
· 1935 年後任上海美術專科學校教授、國畫系主任

梅石
紙本設色
116.9×29cm
1933
深院春無限，
香風吹綠漪。
玉妃清夢醒，
花雨落胭脂。
癸酉春仲與麗邨、
芝閣同至王恒豫
酒樓歸寓作此。
個簃王賢

西瓜
紙本設色
70.1×33.8cm
年代不詳
一片冷裁潭底月
六灣斜卷隴頭雲
澄波先生法家正之
個簃王賢客海上

潘天壽

· 1897-1971，浙江寧海人
· 1924 年擔任上海美術專科學校教授，其後歷任多所藝專教授、校長等職位
· 1958 年受聘為蘇聯藝術科學院名譽院士與陳澄波同為新華藝專教授

凝寒
紙本設色　68×40.5cm
1924
凝寒
甲子端節三門灣阿壽

倪貽德、龐薰琹、周多、曾志良、梁白波、段平佑、陽太陽、楊秋人、周糜、鄧云梯

（決瀾社成員）

倪貽德

- 1901-1970，浙江杭州人
- 1922 年畢業於上海美術專科學校
- 1926 年秋東渡日本留學於日本川端繪畫學校
- 1931 年，與龐薰琹等組織決瀾社

龐薰琹

- 1906-198，江蘇常熟人
- 1925 年赴法國留學，於朱麗安學院學畫
- 1931 年任教於上海昌明美術專科學校，並組織「決瀾社」

楊秋人

- 1907-1983，廣西桂林人
- 又名楊工白
- 1931 年畢業於上海藝術專科學校研究科
- 1932 年參加決瀾社及美展

陽太陽

- 1909-2009，生於廣西桂林
- 又名陽雪塢；晚號蘆笛山翁，80 歲後稱畫童。
- 1931 年畢業於上海藝專，與龐薰琹、倪貽德等人創辦決瀾社
- 1935 年入東京日本大學藝術研究科學習

梁白波

- 1911-1960，生於上海
- 曾就讀上海新華藝專和杭州西湖藝專
- 1932 年參與第二次會務會議及決瀾社第一次展覽
- 1935 年開始在上海《立報》發表長篇連環漫畫
- 1948 隨夫來臺定居

- 薰琴自 ×× 畫會會員星散後，蟄居滬上年餘，觀夫今日中國藝術界精神之頹廢，與中國文化之日趨墜落，輒深自痛心；但自知識淺力薄，傾一已之力，不足以稍挽風頹，乃思集合數同志，互相討究，一力求自我之進步，二集數人之力或能有所貢獻於世人，此組織決瀾社之原由也。
- 二十年夏倪貽德君自武昌來滬，余與倪君談及組織畫會事，倪君告我渠亦久蓄此意，乃草就簡章，並從事徵集會員焉。
- 是年九月二十三日舉行初次會務會議於梅園酒樓，到陳澄波君周多君曾志良君倪貽德君與余五人，議決定名為決瀾社，並議決於民國二十一年一月一日在滬舉行畫展；卒因東北事起，各人心緒紛亂與經濟拮据，未能實現一切計畫，然會員漸見增加，本年一月六日舉行第二次會務會議，出席者有梁白波女士段平右君陳澄波君陽太陽君楊秋人君曾志良君周糜君鄧云梯君周多君王濟遠君倪貽德君與余共十二人，議決事項為：一修改簡章，二關於第一次展覽會事，決於四月中舉行，三選舉理事，龐薰琴王濟遠倪貽德三人當選，一月二十八日日軍侵滬，四月中舉行畫展之議案又成為泡影。四月舉行第三次會務會議於麥賽而蒂羅路九十號，議決將展覽會之日期延至十月中，此為決瀾社成立之小史。—龐薰琴〈決瀾社小史〉《藝術旬刊》第 1 卷第 5 期，頁 9，1932.10

金啟靜

· 1902-1982，杭州人
· 早年畢業於上海美術專科學校，師從劉海粟，張聿光等
· 遊學日本後為私立日本大學社會學學士。歸國後被聘為上海美術專科學校教授
· 1928 年，和美術界名人王濟遠，江小鶼，朱屺瞻等共同創辦了藝苑藝苑繪畫研究所

· 藝苑繪畫研究所，普陀旅行寫生班，已於昨日歸滬，指導員即王濟遠、潘玉良、朱屺瞻、陳澄波等，先後在普陀作畫合研究員，如金啟靜、周劍橋等作品共有數百點，不日將在滬舉行展覽會。一、夏季室內實習，除一覽美術學校之畢業生及各地中等學校藝術教師研究外，更有一般投考各藝術專科學校之補習生，連日投考國立藝術院上海美專上海藝大等校，均已錄取，插入各校相當年級，一、秋季預招男女研究員生，為提高程度起見，名額祇定四十人，額滿即停止招收。—〈藝苑繪畫研究所近聞〉《申報》第 11 版，1929.8.27，上海：申報館

· 昨日正午，日本東京美專校畢業在滬同學江小鶼、陳抱一、汪亞塵、王道源、許建、陳澄波諸氏，及上海新華藝專校代表俞寄凡氏、爛漫社代表張善孖氏、藝苑代表金啟靜女士發起，假覺園佛教淨社，宴請最近來滬游歷之東京美專校長正木直彥氏及其公子與畫家渡邊晨畝氏等，與會者有日本代理公使重光葵、與堺與三吉、飯島、宋里玫吉、及王一亭、狄平子、張聿光、王陶民、錢瘦鐵、汪英賓、李祖韓、馬孟容、榮君立、李秋君、魯少飛諸氏等，海上畫家聚首一堂，賓主盡歡，并攝影而散。—〈中日名畫家之宴會 參加者有重光葵等〉《申報》第 15 版，1931.1.26，上海：申報館

余威丹

· 1903-1985，江蘇常熟人
· 早年去上海，終生未婚，病故於常熟，無嗣後。她是蕭蛻、汪聲遠、樓辛壺的學生，精國畫山水
· 1918 ～ 1922 年就學於上海「愛國女子學校」
· 1922 年畢業後，任上海特別市萬竹小學國文教師
· 1930 年，毅然決然掛鞭，入上海美專國畫系學習深造，1934 年畢業

山水
紙本設色
135.2 × 32cm
1933
宿雲開曉嶂密柳壓春波
癸酉夏日寫奉
澄波老師　教正
虞山余威丹

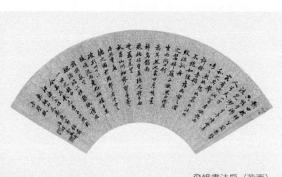

飛蛾書法扇（背面）
紙木設色
24.7 × 53.8cm
紙本水墨
1940

魯少飛

· 1903-1995，出生於上海
· 擅長漫畫、編輯。他還曾參加北伐軍，在總政治部宣傳處書畫股任職。他是一位頗有影響的漫畫家

1931 年藝苑繪畫研究所師生合影。前排右起為魯少飛、王濟遠、潘玉良；後排右四為陳澄波，其後為油畫〈紅襪裸女〉。（圖片提供：李超）

汪荻浪（汪日章）

· 1905-1992
· 1920 年至 1925 年入巴黎美術學院

· 汪荻浪留法多年，畢業於巴里美術大學，於日前返國，陳澄波東京美術學校畢業同校研究科畢業，曾出品於日本帝國展覽會，亦於日前來滬，各携作品甚多，秋暮將在滬開個人展覽會。新華藝術大學，已聘二君為洋畫教授，並請汪君任洋畫系主任，以期□系之進展。左即二君之近像。—〈新華藝大聘兩少年畫家〉《申報》第 5 版，1929.8.26，上海：申報館

林子白

· 1906-1980，福建永春人
· 別名雪丘，1929 年畢業於上海新華藝大中國畫系。1939 年 4 月間來台於大世界旅館舉行個展。曾任廈門美術專科學校教員，福建師範專科學校藝術科講師、副教授，福州第二中學教員，福州師範藝術系國畫教員

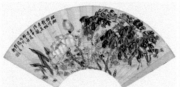

荷花扇
紙本設色　24.9 × 52.5cm
1932
江湖餘冷豔，烟月足清秋。
壬申首夏林子白作於海上鑄意軒

花卉松枝扇
紙本設色　25 × 53cm
1932
壬申孟夏之月玠生林子白作于海上鑄意軒

徐培基

· 1909-1970，山東濰縣人
· 1929 年考入上海藝專國畫系，畢業後留校任教，後又兼任新華藝專附設師範部主任
· 曾為中國美術家協會上海分會會員，山東文聯委員，美協山東分會常務理事

山水
紙本設色
123.2 × 50.7cm
1933
澄波夫子大人誨正
癸酉春日徐培基寫

蔡麗邨

· 生卒年不詳，福建泉州人
· 字碧濤、琴石山人。民初來台，居新竹。喜繪南宗樹木花果

月梅圖
紙本設色
135 × 33.5cm
1936
疏影橫斜水淺清，
暗香淳動月黃昏
丙子夏碧濤畫

墨荷書法扇（正面）
紙本水墨　20.8 × 47cm　年代不詳
澄波先生教正　碧濤畫於羅山客次

蔡麗邨 柳溪八馬圖（陳澄波收藏之作品圖片）

徐慶瀾

· 湖北文人
· 曾於 1924 來臺遊歷

菊花書畫扇
紙本設色　20.8 × 47.8cm
1924

上：
詩骨　凌峰　黃花　比瘦　甲子年　秋月

下：
大正十三年甲子夏月　上京紀念
有志竟成　澄波先生雅正
徐慶瀾

劉渭

採桑圖
紙本設色　115.5 × 74.3cm
1931
採桑圖
澄波師□教正
生劉渭寫時辛未夏四月上澣

傅岩

良朋
紙本水墨　32.9 × 79.3cm
1928
良朋
澄波志兄惠存
戊辰歲暮吾兩人邂逅於姑蘇客舍，
相見如舊識，除夕復共杭西湖濱，
樽滔薄肴，相對益歡。
今當遠離敬書良用弍字留念
鄉小弟傅岩書贈

金挹清

· 畫家

1930.2.16 陳澄波手
持正在創作中的油
畫作品〈蘇州虎丘
山〉與金挹清攝於
蘇州虎丘塔前。

1930.2.24 陳澄波（後排左）與
堀越英之助（前）、金挹清（後
排右）合影於蘇州虎丘山，前為
其油畫作品〈蘇州虎丘山〉。

1930.2.24 陳澄波（中）與堀越
英之助（右）、金挹清（左）合
影於蘇州虎丘山。

黃蓮汀

· 廈門美專

1931.8.12 陳澄波（坐者）伴遊廈門
美專黃蓮汀作畫於太湖黿頭渚者。

1937 年 11 月上旬陳澄波、林江水、
郭水生（前排左起）、黃蓮汀、王逸
雲（後排左起）攝於赤崁樓。

王禹謨
· 杭州人

杭州
王禹謨贈
民國二十年

□德明

三月十八日、一九三三於上海
金神父路
弟德明敬贈

康嘉音

上海
陳澄波先生升……康嘉音贈

陳書圖

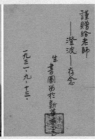

謹贈給老師
—澄波—留念
生書圖留於新華藝專
一九三一、九、十三

新華藝專學生

白凱洲

陳澄波先生惠存
白凱洲敬贈
一九三一、六在教室攝

黃少白

澄波先生惠存
生黃少白謹贈
一九□□
（另有用鉛筆寫一九三一）

上海任教時期之學生

□雪君

澄波老師惠存
生雪君敬贈
一九三三、二、九

上海任教時期之學生

柯秀玉、徐文箴

澄波恩師惠存
一九三三、五、十二
在上海新華藝專
柯秀玉　徐文箴贈

新華藝專學生

柯位脩、羅文祚、賴炳寅、十繼業、柯位質、柯位傑、林有本

1933 年初春柯位脩位脩敬贈…
時年貳二年初春

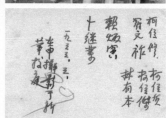

1933 年 3 月陳澄波（二排右三）與友
人合影於新華藝專內。後排左起為柯位
脩、羅文祚、陳澄波、賴炳寅、十繼業；
前排左起為柯位質、柯位傑、林有本。

陳澄波（右二）與友人合影。
左一為柯位脩。

新華藝專學生

王健
廈門治安維持會社會科

紙本水墨　32 × 33.5cm
1924-1925

1937.04.25 王健致陳澄波之明信片
英梧君令弟來廈，傳聞閣下近況不勝欣慰之至。有意到
海外否？現計畫辦中學一所，兄如有意可將履歷書急速
付下，當為推薦，匆匆此奉並詢起居！
廈門治安維持會社會科
王健

四月廿五日

本展得以順利完成，特別感謝
財團法人陳澄波文化基金會
同時也對下列機構與個人的
協助與借件表達誠摯謝意
（依筆畫順序排列）

中央研究院臺灣史研究所
國立台灣文學館

林柏亭先生
張光文先生
蒲浩志先生

國家圖書館出版品預行編目（CIP）資料

線條到網絡：陳澄波與他的書畫收藏 / 國立歷史博物館
　　編輯委員會編輯 . -- 初版 . -- 臺北市：史博館，
　　民 108.11
　　　　面；　公分
　　ISBN 978-986-5437-69-5（精裝）

　　1. 書畫 2. 蒐藏品 3. 藝術展覽
　　941.6　　　　　　　　　　108019467

線條到網絡

陳澄波 與他的書畫收藏

From Lines to Network
Chen Cheng-po and His Collection of
Painting and Calligraphy

發行人 / 廖新田　　　　　　　　　　Publisher / Liao Hsin-tien
出版者 / 國立歷史博物館　　　　　　　Commissioner / National Museum of History
地址 / 10055 臺北市徐州路 21 號　　　Address / 21, Xuzhou Road, Taipei 10055, R.O.C.
電話 / +886- 2- 23610270　　　　　　Tel / +886- 2- 23610270
傳真 / +886- 2- 23931771　　　　　　Fax / +886- 2- 23931771
網址 / www.nmh.gov.tw　　　　　　　Website / www.nmh.gov.tw
編輯 / 國立歷史博物館編輯委員會　　　Editorial Committee / Editorial Committee of National Museum of History
主編 / 江桂珍　　　　　　　　　　　Curator · Chief Editor / Chiang Kuei-chen
執行編輯 / 蔡耀慶、郭沛一　　　　　　Executive Editors / Tsai Yao-ching, Guo Pei-yi
策展 / 蔡耀慶　　　　　　　　　　　Curator / Tsai Yao-ching
英文翻譯 / 萬象翻譯　　　　　　　　Translator / Linguitronics Co. Ltd.
英文審稿 / 林瑞堂　　　　　　　　　English Proofreader/ Lin Juei-tang
美術設計 / 顧佩綺　　　　　　　　　Art Designer/ Koo, Pei-chi
總務 / 許志榮　　　　　　　　　　　Chief General Affairs / Hsu Chih-jung
主計 / 劉營珠　　　　　　　　　　　Chief Accountant / Liu Yin-chu
製版印刷 / 四海圖文傳播股份有限公司　Printing / Suhai Design and Production Co., Ltd.
出版日期 / 中華民國 108 年 11 月　　　Publication Date/ November, 2019
版次 / 初版　　　　　　　　　　　　Edition / First Edition
其他類型版本說明 / 本書無其他類型版本　Other Version / N/A
定價 / 新臺幣 1260 元　　　　　　　　Price / NT$ 1260

展售處 / 五南文化廣場臺中總店　　　　Museun Shop / Wunanbooks
　　　　40042 臺中市中山路 6 號　　　Address：6, Chung Shan Rd., Taichung 40042, R.O.C.
　　　　電話：+886-4-22260330　　　　Tel：+886-4-22260330

　　　　國家書店松江門市　　　　　　Songjiang Department of Government Bookstore
　　　　10485 臺北市松江路 209 號 1 樓　209, Songjiang Rd., Taipei 10485, R.O.C.
　　　　電話：+886-2-25180207　　　　Tel：+886-2-25180207

　　　　國家網路書店　　　　　　　　Government Online Bookstore
　　　　http：//www.govbooks.com.tw　　http：//www.govbooks.com.tw

統一編號 / 1010802102　　　　　　　GPN / 1010802102
國際書號 / 978-986-5437-69-5（精裝）　ISBN / 978-986-5437-69-5（Hbk）